5分後の隣のシリーズ

5分後に恋の魔法が解けるまで

before the love spell breaks

二度目の初恋

眞波蒼 著

written by Manami Aoi

Gakken

contents

e spell breaks

Before the lo

＊🎧印のついた作品は、巻末（袋とじ）のQRコードからアクセスし、音声ドラマを聴くことができる作品です。

音声の聴き方

✦本書では、収録した作品のうち、11編について、「音声ドラマ」を聴くことができるしくみになっております
（「もくじ」ページで、印をつけた作品）。

✦音声は、左記の方法で聴くことができます
（ＣＤなどはついていません）。

1
巻末（の袋とじ）ページの中に、ＱＲコード（ＵＲＬ）が記載されていますので、そこからアクセスしていただきます。

2
アクセスした先には「電子リーフレット」があり、１作品につき2ページで、写真と作品概要で誌面が構成されています。

3
誌面の中のタイトル下に、「動画サイト」へのリンクがあります。そこから動画サイトにアクセスし、音声を聴くことができるようになっています。

＊電子リーフレットや音声（動画サイト）へのアクセスは、書籍の購入者だけの特典となります。
本書に記載されたＱＲコードやＵＲＬを、無断で第三者に譲渡、流布することを、かたく禁止いたします。
もし上記に違反する行為を発見した場合、当該者は、法的に責任を負うことがあります。

写真撮影／宮坂浩見（帯、電子リーフレット、音声動画サイト背景）
デザイン／久保田紗代（書籍、電子リーフレット）　カバーイラスト／たま　本文イラスト／佐々木メエ
編集協力／原郷真里子、横田綾乃、飯塚梨奈　音声協力／巻末にまとめて記載　DTP／四国写研

before
the love spell
breaks

二度目の初恋

「美咲《みさき》！　起きなって、美咲！」

肩《かた》をガクガク揺《ゆ》さぶられて、わたしは目を開けた。「やっと起きた……」と、柚花《ゆずか》があきれ顔で、こっちを見ている。

「もー、登校するなり居眠《いねむ》りとか、どんだけ自由人なのよ。ホームルーム始まるよ」

「うそ。わたし、寝《ね》てた？」

「イビキかきながらね」

「ウソでしょ!?」

慌《あわ》てて身を起こし、口のまわりをぬぐう。ヨダレは垂《た》れていなかった。昨夜《さくや》、遅《おそ》くまでマンガを読んでいたからかもしれない。でも、じっと座って勉強するより、マンガを読んだり、音楽を聴《き》いたりしているほうが、わたしの性《しょう》には合ってるんだから仕方《しかた》がない。

そこへ、担任《たんにん》が入ってきた。

「はい。それじゃあ今日は前にも話したとおり、転校生を紹介します。どうぞ、入って」

そういえば、何日か前にそんなこと言ってたっけ。あくびを噛《か》み殺《ころ》しながら、ぼんやりする頭で記憶をさかのぼる。

そこに、先生に呼《よ》ばれた転校生が入ってきた。男子だ。教卓《きょうたく》のそばに立った男子が、こちらを向く。

その男子の顔を見た瞬間《しゅんかん》、眠気《ねむけ》が吹《ふ》き飛《と》んだ。

「岬英士《みさきえいじ》!?」

思わず叫《さけ》んで、立ち上がる。教室の空気がどよめいて、みんなの視線がわたしに集まるのがわかった。教卓の横に立った男子生徒も、驚《おどろ》いた表情でわたしのことを見つめていて、やがて、その唇《くちびる》が「あ」という形を作った。

「もしかして……藤谷《ふじたに》美咲さん？」

名前を呼ばれた直後、わたしは心の中で「しまったあぁぁ！」と絶叫《ぜっきょう》した。案《あん》の定《じょう》、担任が転校生とわたしの顔を交互《こうご》に見比《みくら》べ、「なんだ、おまえら知り合いか？」とまばたきをする。

「じゃあ、ちょうどいい。藤谷、転校生にいろいろ教えてやってくれ」

「えっ!?」

反論する暇《ひま》もなく、「頼《たの》んだぞー」と担任が話を終える。そのあと、転校生の軽い自己紹介があったけれど、わたしの頭には何ひとつ入ってこなかった。

――なんで、岬英士がここにいるの!? ようやく忘《わす》れられたと思ったのに、なんで!

わたしと岬英士は、小学校のときクラスメイトだった。でも、岬英士が引《ひ》っ越《こ》すことになって、離れることになった。あれから何年経《た》ったのか、とっさには思い出せない。でも、忘れるはずがない――岬英士が、わたしの初恋の相手だということを。もちろん、それは片想いで、わたしが想っていたことは、英士も知らない。

そんな初恋の相手が数年ぶりにひょっこり現れたと思ったら、担任のよけいなはからいで隣《となり》の席にくるなんて、いったいなんの冗談《じょうだん》なんだろう。

「よう」

隣に座った岬《みさき》英士が、片手を軽く上げてつぶやく。

「またよろしくな、藤谷」

そう言われても、わたしは頭の中がとっ散らかっていて、まともな声も出てこない。

ただ、クラスメイトたちが興味津々《きょうみしんしん》な視線を向けてくるのを感じて、わたしは、うっかり岬英士の名前を叫《さけ》んでしまったことを激しく後悔《こうかい》していた。


「いやー、こんなことってあるんだね！」

休み時間、柚花がほくほくとした笑顔《えがお》で、わたしの席にやってきた。

「小学校のときのクラスメイトが同じ高校に転校してくるなんてさ。運命の再会だね！」

「運命なんかじゃなくて、ただの偶然《ぐうぜん》でしょ」

わたしがそう言っても、オトメ思考の柚花には聞こえていないらしい。「こんなドラマ、ほとんど奇跡《きせき》でしょ！」と、夢見心地《ゆめみごこち》で盛《も》り上《あ》がっている。岬英士が初恋の相手だなんて、柚花には、口が裂《さ》けても教えられない。

「あ、岬くーん！」

柚花の声に、ビクッと肩《かた》が跳《は》ねる。休み時間が終わる直前、教室に戻《もど》ってきた岬英士に向かって、柚花が手を振《ふ》ったのだ。

「聞いたよ、岬くん。小学校で、美咲とクラスメイトだったんでしょ？」

「あ、うん……まぁ」

「すごいねー。転校先に元クラスメイトがいるなんてさ。『運命なんじゃない？』って、美咲と話してたんだー。ねっ、美咲」

柚花め、余計なことを！

わたしが心の中で悲鳴を上げたのと、岬英士が心底迷惑《しんそこめいわく》そうな表情をするのとは、ほとんど同時だった。

「運命だなんて、冗談《じょうだん》じゃないよ。俺ら、小学生のころ、さんざんからかわれてたんだから」

「からかわれてたって？」

「柚花、それは――」

柚花の興味をそらそうとした、わたしの努力はムダに終わった。岬英士が、話の続きを始めてしまったからだ。

「バカなヤツらがいたんだよ。『おまえら結婚しちゃえよ！　そしたらコイツ、〝岬美咲《みさきみさき》〟になっておもしろいじゃん！』って。な、藤谷」

そんなふうに水を向けられれば、「う、うん、まぁ……」とうなずく以外に、わたしはできない。岬英士の言うことは、事実だったからだ。

「あー……」と、柚花はすべてを察《さっ》したように、苦笑《にがわら》いになった。

「たしかに、その年ごろの男子ってバカだから、そういうくだらないこと言いそうだねー」

「実際に言われたんだよ、俺たちは。ほんと、いい迷惑《めいわく》だった」

そう言って、岬英士が額《ひたい》を押《お》さえた。直後、始業を告げるチャイムが鳴り、「じゃね」と柚花が自分の席に戻《もど》っていく。入《い》れ替《か》わりに、岬英士がわたしの隣《となり》の席についた。

その後、授業中に会話はない。けれど、無言の空気がわたしの肩《かた》を——岬英士に近いほうの左の肩を、じんと熱くさせる。

——おまえら結婚しちゃえよ！　そしたら、ミサキミサキになるじゃん！

小学生のころ、幼稚《ようち》な男子に指さされながら笑《わら》われたのは、わたしにとっても苦い思い出だ。でも、わたしにとってとびきり苦い記憶になっているのは、男子にからかわれたことではない。

あのとき、からかってくる男子たちに、岬英士はこう言い返したのだ。

「結婚なんかするわけねーだろ！　藤谷なんて、俺、ぜんっぜんタイプじゃないし！」

からかってきた男子たちに聞かせるためだったんだろう。教室中に響《ひび》き渡《わた》る声で岬英士が放った言葉は、容赦《ようしゃ》なく、わたしの耳にも届《とど》いた。

あのとき、たしかわたしと一緒にいた女子の何人かが「そんな言い方しなくてもいいでしょ！」とかばってくれて、わたしは「ぜんぜん気にしてないから、ほっといていいよ」と彼女たちをなだめた。ほんと男子って子どもだよね、と女の子たちと一緒《いっしょ》に笑《わら》いながら、本当は、心の中で泣《な》いていた。

「ぜんぜんタイプじゃない」わたしが告白したところで、岬英士には届かない。「夫婦、夫婦」とからかわれるのがイヤで、わたしに近づかれることさえ迷惑《めいわく》だと思っているかもしれない。

だからわたしは、岬英士に告白することをあきらめた。告白するどころか、できるだけ近づかないようにしようと決めた。だから、岬英士の転校が知らされたとき、寂《さび》しく感じるのと同時に、少しだけ、ほっとしてもいた。

告白できないとわかっている相手の近くにいるのは、苦痛《くつう》だ。だったらいっそ離《はな》れてしまったほうがいい。もう二度と会わない存在になってしまえばいい。そうなれば、きっとそのうち忘《わす》れられる。子どものころの記憶《きおく》なんてすぐに薄《うす》れて、輪郭《りんかく》もなくなってしまったうすぼんやりしたものに、「小さなころの初恋」というキラキラした名前をつけて、ひっそりと胸《むね》にしまっておける。

――そのはずだったのに。

「なんで、戻《もど》ってきたのよ……」

あれからちょっと大人になったアンタの顔が目の前にあったら、わたしはイヤでもあのころのことを思い出して、胸《むね》の奥《おく》が苦くなる。忘れたはずの切《せつ》なさが、戻《もど》ってきそうになるじゃないか。

本当に、どうして戻《もど》ってきたんだろう。しかも、クラスメイトで隣《となり》の席だなんて、どう接したらいいのかわからなくなる。びっくりするくらい背が伸《の》びて、声変わりもして、わたしの知ってる岬英士じゃなくなってしまったみたいだし。

……そうだ。転校してきたのは、岬英士じゃない。同じ名前をしただけの別人。そう思えば、昔のことを思い出さずに接することができるかもしれない。そうだ、そうしよう。昔の記憶には、ずっとフタをしたまま――

「危《あぶ》ないっ！」

突然《とつぜん》の声で我《われ》に返ったときには、すぐ目の前までサッカーボールが迫《せま》っていた。

悲鳴を上げる暇《ひま》もなく、その場でギュッと目を閉じて、とっさに腕《うで》で顔をかばう。

直後、バシィッとボールの当たる音がした。けれど、少しも痛《いた》みは感じない。

おそるおそる目を開けると――目の前に、大きな背中があった。

「え……」

肩越《かたご》しに見えた横顔に、ドキッとする。

猛《もう》スピードで飛んできたサッカーボールを片手で受け止めたのは、岬英士だった。

「み――」

「あっぶねぇな！」

サッカーボールを手にすかさず振《ふ》り返《かえ》った岬英士が、いきなり大声をあびせた。大声をあびせた相手は、ボールを蹴《け》った人ではなく――わたしだった！

「体育の授業中にぼーっとするなよ！　今の、まともにくらってたら鼻つぶれてるぞ」

「な……っ、そんな怒鳴《どな》らなくてもいいでしょ！」

「ケガするぞって言ってんの。ったく……小学校から変わってねーのな、藤谷」

「え……」

気のせいだろうか——今、「変わってねーのな」と言った瞬間《しゅんかん》、ふっと岬英士が笑ったように見えた……気のせいかな？

「じゃーな」と言い残した岬英士が、ボールを抱《かか》えて走り去って行く。その背中をぼんやり眺《なが》めていると、柚花が「大丈夫《だいじょうぶ》だった？」と駆《か》け寄《よ》ってきてくれた。

「今の岬くん、カッコよかったねー！　身をていして助けてくれた感じ！」

「そ、そう？」

オトメモードに突入《とつにゅう》した柚花の言葉を聞きながら、わたしはまた、ドキリと胸《むね》の奥《おく》を震《ふる》わせていた。

片手でボールを受け止めた岬英士。あのとき、わたしの視界いっぱいに見えた背中は大きくて、たくましくて、ちらっと見えた横顔ははっとするほど真剣《しんけん》で、のど仏《ぼとけ》を汗《あせ》の雫《しずく》がつたっていた。

そのとき、ピッチを走る岬英士の姿《すがた》が目に飛び込んできた。仲間からパスを受けてゴールに向かって行ったかと思うと、ディフェンスを2人かわして、ボールを蹴《け》りこむ。それがキーパーの隙《すき》をついて、ゴールネットに突《つ》き刺《さ》さった。

わあっと盛《も》り上《あ》がったチームメイトにもみくちゃにされながら、岬英士が笑《わら》っている。まるで、太陽が落ちてきたみたいに。

その顔を見た瞬間《しゅんかん》、ドキンッと、心臓が跳《は》ねた。もう、ごまかしようもないくらい、はっきりと。

——ああ、どうしよう……。わたし、やっぱりまだ、あいつのことが好きかもしれない。


「自覚」は、毒《どく》にも薬《くすり》にもなる。

不摂生《ふせっせい》を自覚できれば、改善《かいぜん》するための薬に。

自分がイジメを受けていると自覚すれば、絶望のキッカケとなる毒《どく》に。

わたしの場合のそれは——岬英士が今でも好きだという「自覚」は、いったい、どっちなんだろう……。

でも、岬英士に気持ちを伝えることはできないし、誰かに相談することもできない。アイツにとって、わたしは「ぜんぜんタイプじゃない」女だし、もしまた「ミサキミサキ」のことでからかわれたら、絶対にイヤがるに決まっている。

だからやっぱり、わたしはアイツに、告白なんかするべきじゃない。

「美咲？　聞いてる？」

「――へ？　あ、うん！　……って、ごめん、なんだっけ……」

もー、と柚花が頬《ほお》を膨《ふく》らませる。お弁当をつつく手を止めた柚花が、じっとわたしの目をのぞきこんできた。

「だから、美咲は本当に、岬くんのことを好きじゃなかったの？　って聞いたの」

「……は？」

あまりにも衝撃的《しょうげきてき》な言葉に、わたしは一瞬《いっしゅん》、息ができなくなった。手からお箸《はし》が滑《すべ》り落《お》ちそうになって、慌《あわ》ててつかみ直す。その間にも、柚花の話は続いていた。

「小学校のころ、バカな男子たちにからかわれてたかもしれないけど、美咲自身の気持ちはどうだったのかなって。だって岬くん、フツーにカッコイイじゃん？　こないだのサッカーのときだって、あんなとっさに女子を守《まも》れる男子なんて、なかなかいないって！」

妙《みょう》にテンションの高い柚花の言葉で、また、あのときのことを思い出しそうになる。岬英士の背中、横顔、汗のつたう首筋《くびすじ》──って、なに考えてるんだわたしは！

「ないないない！　ないって！　わたしだって、からかわれて、いい迷惑《めいわく》だったんだから！　アイツだって、わたしのことは迷惑だって思ってるよ。いわば天敵《てんてき》だね、天敵！　好きなわけないじゃん」

チクリと胸《むね》に刺《さ》すような感覚があったことには、気づかなかったフリをする。柚花が「そっかぁ……」と残念そうに言った。しかし、次の瞬間、表情をぱっと明るくして続けた。

「それじゃあ、あたしが岬くんを好きになってもいい？」

柚花の言葉に頭を殴《なぐ》られたような気がして、今度は呼吸も、言葉も、何も出てこなかった。

「ほら。美咲が岬くんのことを好きなら、好きな人がかぶっちゃうでしょ？　美咲は親友だから、それは気まずいなって。美咲が岬くんを好きなら、あきらめようかなって思ってたんだけど……。美咲、本当に岬くんのこと好きじゃない？」

柚花の言葉にはよどみがない。うっかりすれば、本当の気持ちが、口をついてでてしまいそうだ。

「美咲？」と、柚花がうかがうように、わたしの瞳《ひとみ》をのぞきこむ。そこにわたしの本音が映《うつ》ってしまいそうで、不安になって、わたしは柚花から目をそらした。

「……いいよ」

「え？　ほんとに？　あたし、岬くんを好きになってもいい？」

「うん。応援《おうえん》するよ」

きゃあっと、柚花が浮《う》かれた声を上げて、わたしは腹をくくった。

これでもう、引き返すことはできない。「わたしもアイツのことが好きなの！」とは、やっぱりどうしても言えないから、だから、これでいい。これで、今度こそ、わたしはアイツのことを忘《わす》れる。それでいい。

「これで本当に終わったな。わたしの初恋……」

こんなことでしか自分の初恋にケリをつけられないわたしは、きっと、大バカだ。

柚花のことを「カワイイ」と言っている男子を、わたしは何人か知っている。目がぱっちりと大きくて、身長は低くて、髪《かみ》はいつもゆるふわ系。すごく女子っぽい女子だから、男子たちが恋をするのも納得だ。

だから、アイツもきっと、好きになる。2人が並んでいるのを想像したら、なかなかお似合《にあ》いのような気もする。だから、これでいいんだ。

何度も自分に言い聞かせて、言い聞かせていることに焦《あせ》って、それをごまかそうとして柚花と岬英士が並《なら》んで歩いているところなんかを想像して、なんだかひどくむなしくなって、また言い聞かせて……そんな負のループを、わたしは毎日のように繰《く》り返《かえ》すことになった。

いったい、わたしはどうしたいんだ？　何を考えてるんだ？　自分の胸《むね》に手をあてて尋《たず》ねてみても、明確《めいかく》な返事は返ってこない。そんなことが10日ほど続いて、いいかげん疲《つか》れてきた夜のことだった。

お風呂上がりに、スマホが鳴った。電話だ。画面に表示されているのは柚花の名前だった。

「もしもし、柚花？」

暇《ひま》を持て余した柚花が、電話をかけてきたのだろう。最初はそう思ったのだけど、電話の向こうから柚花の声が聞こえてこない。かすかな息づかいは聞こえるから、誤発信《ごはっしん》というわけではなさそうなのに。

「もしもし？　どうしたの、柚花」

「……った……」

「え？」

やっぱり、電話の向こうに柚花はいる。だけど、なぜか声が届《とど》いてこない。わたしはスマホに耳を押しつけて聞き返した。

「ごめん、柚花。聞こえなかっ――」

「岬くんに、フラれちゃった……」

柚花の震《ふる》える声を聞いた、その瞬間《しゅんかん》、頭の中が一瞬《いっしゅん》だけ白く染《そ》まった。その間、すべての思考が停止《ていし》して、ふたたび色が戻《もど》ったとき、わたしは静かな混乱の渦中《かちゅう》にいた。

「え……待って、どういうこと？　柚花、アイツに告白したの？」

「うん……。今日の放課後、岬くんの部活が終わったあとに……。でも、『付き合えない』って言われちゃった。『すぐに答えを出さなくてもいいから、しばらく考えてほしい』って言ってみたんだけど、『いくら考えても答えは変わらない』って、言われちゃっ……」

声の震《ふる》えがだんだん強くなったかと思うと、とうとう語尾《ごび》が引きつれるような音になって、かき消えた。そのまま、柚花の声が静かな嗚咽《おえつ》に変わる。

「柚花……。柚花、ひとまず深呼吸《しんこきゅう》して。断られちゃったのは、残念だったけど……柚花は、がんばったよ。わたしは柚花、えらいと思う。アイツに見る目がないだけだから。ね？」

わたしは懸命《けんめい》に、姿《すがた》の見えない柚花に呼《よ》びかけた。震《ふる》える泣き声は、聞いているだけで痛《いた》ましい。柚花が言葉に詰《つ》まるくらい泣くなんて、初めてのことだ。どうか、泣かずに笑ってほしい。悲しみで自分を追《お》い詰《つ》めないでほしい。そう思うのに、一方で、わたしは自分の中に見つけてしまった真逆《まぎゃく》の感情に動揺《どうよう》していた。

岬英士が柚花をフッた。その事実に、わたしはどこかで、ほっとしている。

失恋して泣いている柚花をかわいそうに思う気持ちも本当なのに、岬英士が柚花を選ばなかったことに安堵《あんど》する自分もいるなんて、柚花の親友として失格なんじゃないだろうか？

スマホを握《にぎ》ったまま、わたしはブンブンと首を横に振《ふ》った。今は、柚花のことが先決だ。まずは、柚花の気がすむまで話を聞こう。電話じゃすまなかったら、明日、学校で改めて——

そこまで考えて、わたしは硬直《こうちょく》した。

「明日って……」

幸い、その声は、電話の向こうの柚花には聞こえなかったらしい。

けれど、柚花の話を聞きながらも、どうしても明日のことがチラチラと頭をよぎって、わたしは眠《ねむ》れない夜を迎《むか》えることになった。


翌日。わたしはイヤでも岬英士と顔を合わせることになった。今日は、わたしと岬英士の2人が日直なのだ。もちろん、日直といっても常《つね》に一緒にいるわけではないけれど、ちょこちょこと、行動を共《とも》にする機会がある。小学校のころは、岬英士と日直が同じ日なんて、いつも以《い》上《じょう》に「夫婦コール」が鳴りやまなくて、一緒にいられるのは嬉《うれ》しかったのに、岬英士がむすっとした顔をするので、複雑な気持ちだったことを憶《おぼ》えている。

課題を職員室に運びながら、隣《となり》を歩く岬英士の顔を盗《ぬす》み見《み》る。コイツ、本当に柚花をフッたのか？　いや、今日の柚花の様子を見るかぎり、2人の間に何かが起こったことは疑《うたが》いようがない。でもなんで？　柚花は女子から見てもかわいい女子だ。性格だっていい。「彼女」にするなら申《もう》し分《ぶん》ないと思うけど……でも、2人が付き合わなくてよかったという思いもやっぱりあって、もうワケがわからない。岬英士に真相を確かめる勇気もないし。

そのとき、「藤谷」と名前を呼ばれて、わたしは跳《と》び上《あ》がった。顔を上げると、いぶかしそうな岬英士の顔が、目の前にあった。

「藤谷、何か隠《かく》してるだろ」

「えっ？　え、なに急に……。べつに何も隠して――」

「ウソ。言いたいことがあるのに言えないとき、首筋触《くびすじさわ》るクセ、出てる」

ハッとして、首筋から手を離す。完全に無意識《むいしき》だった。そんなわたしを見て、岬英士がノドの奥でくっと笑った。

「ほんと、変わってないな。逆《ぎゃく》に安心するわ」

やめて。そんなふうに笑わないで。望みがないとわかっているのに、うっかり可能性を感じてしまいそうになる。忘れようと決めたはずなのに、その決意が揺《ゆ》らぎそうになる。

「で？　なに隠《かく》してるの？　俺に言いたいこと、あるんだろ」

確信をもって尋《たず》ねられて、わたしは、ごまかせないことを悟《さと》った。

「柚花のこと、フッたんでしょ？　なんで？」

一瞬《いっしゅん》、驚《おどろ》いたように岬英士が目を丸くした。けれど、それはすぐに元に戻《もど》って、「そっか、藤谷と後藤《ごとう》さんは仲いいんだったな」と、納得《なっとく》したようにつぶやいた。そしてすぐに、その首が縦《たて》に振《ふ》られる。

「うん。断ったよ」

「な、なんで？　だって柚花、かわいいし、いい子なのに……」

「藤谷は、俺が後藤さんと付き合ったら嬉《うれ》しいの？」

間髪《かんぱつ》いれずに聞き返されて、わたしは言葉をノドに詰《つ》まらせた。ズルい、そんな聞き方。自分の気持ちをわかっているわたしに、「嬉《うれ》しいよ」なんて言えるはずがないのに。

そのとき、「美咲」と、わたしの名前を呼《よ》ぶかすかな声が聞こえて、わたしはあたりを見回しそうになった。だって、その声がわたしの「名前」を呼ぶことなんて、あり得なかったから。

「美咲。ちゃんと答えて。美咲は、俺に、後藤さんと付き合ってほしいの？」

わたしの目をじっとのぞきこんでくる岬英士は、まばたきすらしない。

本当にズルい。そんな目で、そんなことを聞いてくるなんて。

「な、なんで急に名前？　自分の苗字《みょうじ》と同じだから、絶対に呼びたくなかったんじゃないの？」

口をついて出てくるのは、今言うことでもないようなことばかり。けれど、岬英士はバカにした様子もなく、ふと笑って前髪《まえがみ》をかき上げた。

「ガキのころは俺もバカだったからさ、まわりで騒《さわ》いでるヤツらの言葉を真《ま》に受《う》けてたけど、よく考えたら、『ミサキミサキ』にこだわることなんてないよなって思って」

岬英士が何を言おうとしているのか、わたしには、さっぱりわからない。たぶん、それが顔に出ていたのだろう。「だからさ……」と、岬英士が自分の頬《ほお》をかきながら、初めて、わたしから目をそらした。

「べつに、俺が『藤谷英士』になればいいんじゃないかってことだよ。そうしたら、『岬美咲』じゃなくてもいい」

バツンっと、頭の中で何かの弾《はじ》ける音をわたしは聞いた。もしかしたら、思考回路が切断された音だったのかもしれない。

「ま、待って……。それって、つまり……アンタがわたしの苗字《みょうじ》になるって……それってつまり、わたしとアンタが、け、結婚するって、意味……？」

ボンッと音を立てて、今度は岬英士が顔を真っ赤にした。

「ち、ちが……っ！　たとえ話をしただけだ！　そういうふうに考えたら、からかわれても気にならなくなるだろっていうだけで、結婚なんか、俺らまだ高校生だろ！」

「高校生じゃなかったら考えるの？」

ダメだ。思考回路が切断されたあとだから、考えるより先に言葉が口から飛び出てしまう。

そして、わたしが口走るたびに岬英士の顔はますます赤くなっていく。

今なら、聞けると思った。

「ねぇ。わたしまだ、英士から、答えを聞いてない」

「……え？」

「柚花のことをフッたのは、どうして？」

英士の目が空中を泳ぐ。それをわたしが見つめていると、逃《に》げるように、英士が手の平で顔を覆《おお》った。

「そういうのさ……。俺に言わせようとするのヒキョーじゃない？」

「なんでヒキョーなの？　先に言ったほうが負けなの？」

すかさず言い返してやると、英士が観念したようにため息をついた。

「だから……。俺が、後藤さんを、フッたのはさ……」

「うん」

今度こそ、しっかり憶《おぼ》えておこうと思った。この瞬間は、絶対に、忘れようなんて思わない。

——これが、わたしにとって二度目の初恋だから。

サボテンの花

友だちと好きな人がカブるなんて、きっと、よくあることだ。

ただ、わたしの場合は相手が悪かった。

「でね、夏休みはパパとママと3人で、カナダに行くの。ナイアガラの滝《たき》を見て、プリンスエドワード島にも行くんだー。知ってる？　プリンスエドワード島。……あ、知らないよね？　『赤毛のアン』の舞台になった島で、世界一きれいな島って言われてるんだよ」

三木舞華《みきまいか》ちゃんの言葉に、クラスの女子が「へー、すごーい！」「いいなー」「さすが舞華ちゃん！」と声を上げ、それを聞いた舞華ちゃんが得意げにフフンと笑《わら》う。あの笑顔が、わたしはニガテだ。

わたしは、中2に上がってクラスメイトになった、堀越浩人《ほりこしひろと》くんのことが好きだ。

堀越くんは、勉強よりも運動が得意なタイプで、体育の授業では誰よりも輝《かがや》いて見えた。わたしは運動がニガテだから、最初はただただ感心して見ていただけだったんだけど、いつの間にか、体育以外でも堀越くんのことを目で追うようになっていた。

数学の問題が解けたときに、「よっしゃ!」とガッツポーズする姿《すがた》も、午後の授業中に大あくびして涙《なみだ》を浮《う》かべている横顔も、休み時間に友だちとしゃべって満面の笑顔《えがお》になっているところも、ぜんぶ見ていたかった。

でも、夏も本番に近づいたある日、わたしがいつも堀越くんを見ていることを、クラスメイトの舞華ちゃんに気づかれてしまった。

「あんた、堀越くんのことが好きなんでしょ。でも、堀越くんがあんたみたいな地味女《じみおんな》、好きになるワケないから」

舞華ちゃんは腕《うで》を組んで、わたしをにらみつけながら、そのときもフフンと笑《わら》っていた。

たしかに、わたしは地味だ。小学校のときにクラスで劇《げき》をやったとき、わたしの役は、「村人その一」とか、「道端《みちばた》の木」とかだった。でも、それを不満に感じたことはない。できることなら目立ちたくないし、いっそ裏方《うらかた》でもいいくらいだ。衣装《いしょう》を作ったり、小道具を準備《じゅんび》したり、そういう作業のほうが、手芸やアクセサリー作りが好きなわたしには向いている。

一方、舞華ちゃんは、劇《げき》では主役を演じるような子だ。目が大きくて、すらっとしていて、大勢の前でしゃべることにも臆《おく》さない。中学の入学式が終わった直後から彼女のまわりには何人もの女子が集まっていて、舞華ちゃんはあっという間に女子グループのリーダー的存在になった。

そして、舞華ちゃんのように明るくて目立つコは、わたしみたいなタイプを嫌《きら》う。すべてが輝《かがや》いている彼女の世界に、一点のくもりをもたらす存在が、わたしだから。

「あれ？　今日の舞華ちゃん、なんかいい匂《にお》いがするー」

「でしょ？　パパが出張先のミラノで買ってきてくれた香水、ちょっとだけつけてみたんだー。限定品なんだよ。日本じゃ手に入らないんだから」

「すごーい！　ミラノってイタリアでしょ？　あの、ミラノコレクションの！」

少し前――ゴールデンウィークが明けた直後のある日も、舞華ちゃんは、朝から女子グループの中心で得意げに胸《むね》を張《は》っていた。なるほど、今は舞華ちゃんの時間なんだな。そう思ったわたしは、教室に入るのをためらった。学校に香水なんかつけてきていいわけないのに、なんて思いながら廊下《ろうか》に立っているわたしのことに、華《はな》やかな女子グループは、きっと気づいていない。

「本当に、すごくいい香り。お花の香りかなぁ？」

「舞華ちゃんにピッタリだね！」

「でしょ？　やっぱり、美意識《びいしき》って大事だと思うんだよねー。わたしはサボテンなんかじゃなくて、ずーっと、お花みたいにキレイでいたいから」

唐突《とうとつ》に出てきた「サボテン」という言葉に、舞華ちゃんを取《と》り囲《かこ》んでいた女子たちが一瞬《いっしゅん》、キョトンとした顔になる。それを舞華ちゃんはおもしろそうに見回して、こう言った。

「ほら、佐保《さほ》さん！　地味で静かで、ぜんぜん目立たなくて、ただそこにいるだけって感じでしょ？　それに、佐保典子《さほのりこ》って名前、上の三文字を取ったら、「佐保典(サホテン)になるでしょ？　いいネーミングだと思わない!?　まさに、『名は体を表す』だよね」

佐保典子は、わたしのことだ。舞華ちゃんからすれば、わたしのこの名前すら、「地味」という、からかいの対象になるようだ。

華やかな舞華ちゃんは「花」で、ただそこにいるだけのわたしは地味な「サボテン」。腹立たしい陰口《かげぐち》だけど、一方で、なるほどな、とわたしは思ってしまった。

教室では、「ね、いいネーミングでしょ？」と舞華ちゃんから同意を求められた女子たちが、「あ、うん……！」「そうだね！」と、あわてて首を縦《たて》に振《ふ》っていた。

そう、それで正解。女子グループの絶対的なリーダーに対して首を横に振ろうものなら、次に「サボテン」以上の陰口《かげぐち》を広められることになるのは、その子だ。

「サボテン」と言われても、聞こえないフリをしていればいい。そう思ったから、わたしは舞華ちゃんに近づかないように、サボテンのように何も言わず、ひかえめな中学校生活を送っていた。無関心でいてもらえたほうが、気が楽だった。


堀越くんを好きなことに気づかれてしまう夏までは——。

「あんた、堀越くんのことが好きなんでしょ。でも、堀越くんがあんたみたいな地味女、好きになるワケないから。堀越くんの彼女になりたいとか思ってるなら、さっさとあきらめたほうがいいよ。サボテンが告白なんかしたって、笑われるだけなんだから。わかった？」

吐《は》き捨《す》てるような舞華ちゃんの言葉と、刺《さ》すような視線で、すぐにわかった。

舞華ちゃんも、堀越くんが好きなんだ。だから、わたしを敵視《てきし》してるんだ。

でも、舞華ちゃんはひとつ勘違《かんちが》いをしている。わたしは、たしかに堀越くんに恋をしている。

でも、告白なんてするつもりはない。しょせん、「村人その１」は王子様と恋なんてできないし、「道端《みちばた》の木」はたとえ王子様の視界《しかい》に入っても、記憶《きおく》にも残らない。お花のようにいい香りもせず、誰も寄《よ》せつけないトゲだらけの姿《すがた》をしたサボテンは、あたたかい手に包《つつ》んでなんてもらえないのだ。

「そんなこと、わたしが一番、わかってるから……」

甘ったるい舞華ちゃんの残り香を追《お》い払《はら》うように、わたしは首を振《ふ》った。


それからというもの、舞華ちゃんは何かとわたしにかまうようになった。かまうといっても、友好的なやつじゃない。掃除当番《そうじとうばん》をわたしに押《お》しつけたり、掃除中《そうじちゅう》に少しでも休んでいると、「サボってんの？」などと、くだらないダジャレを、皆に聞こえるように言ったり、つまりは、そういう陰湿《いんしつ》なやつだ。

もっとハデでわかりやすいイジメだったら違《ちが》ったかもしれないけど、この程度《ていど》のことで先生や親に相談してもいいのかどうかが、わたしにはわからなかった。もしかしたら舞華ちゃんは、わたしが大人に言いつけない程度に加減《かげん》していたのかもしれない。

そんなのは無視《むし》すればいい。わたしは、そう思っていた。

「ねぇねぇ！　日曜の夏祭り、みんなで行かない？」

休み時間に声を上げたのは、今日も舞華ちゃんだ。

「せっかくだから男子も誘《さそ》ってさ！　お祭りは、みんなで行ったほうが楽しいじゃん？」

「いいね、それ！」

「さんせーい！」

「え、なになに。俺らも行っていいの？」

「行く行く！」

舞華ちゃんを中心に、女子はもちろん、男子もあっという間に集まって、夏祭りグループができた。舞華ちゃんの行動力に感心していたわたしは、そのとたん、ハッと息をのんだ。

舞華ちゃんが、堀越くんに声をかけているのが見えたからだ。

何を話しているのかは聞こえないけれど、舞華ちゃんの言葉に対して堀越くんがうなずくのが見えた。舞華ちゃんが笑顔《えがお》でピョンピョン飛《と》び跳《は》ねているから、たぶん、堀越くんが誘《さそ》いにのったのだろう。

——堀越くんと、夏祭り。

少しだけ想像した瞬間《しゅんかん》、ドキッと胸《むね》が震《ふる》えた。もしも、それが実現するなら、一生の思い出になりそうな予感がする。

でも、グループの中心は舞華ちゃんだ。わたしが参加できるはずがない。やっぱりわたしは今年も家族でお祭りに行って、たこ焼《や》きか焼きトウモロコシを買って、打ち上げ花火をぼんやり眺《なが》めて帰ってくるだけになるんだろう。まぁ、それも悪くはないけど……。

そう考えながら、焼きトウモロコシの香ばしい匂《にお》いを、わたしが思い出そうとしていたときだった。

「佐保さんも、一緒《いっしょ》に行く？」

「え？」

そう声をかけられたことに、わたしは耳を疑《うたが》った。夏祭りに誘《さそ》われるなんて思ってもみなかったことだったし、何より、誘《さそ》ってきたのが舞華ちゃんだったから。

「え、でも、わたし……」

「あ、べつに、ほかに予定があるならムリにとは言わないけど。でも、みんなで行ったほうが楽しいでしょ。それに、今までわたし、イヤな感じだったかなって思って」

たぶん、今のわたしは目が白黒していると思う。まさか、あの舞華ちゃんが、こんなふうに言ってくれるなんて。しかも、舞華ちゃんがこんなふうにモジモジしているところなんて、今まで見たことがない。それだけでも、胸《むね》の奥《おく》がじんわりした。

もしかしたら、わたしに対する舞華ちゃんの言動を見ていた誰かが、先生に伝えたのかもしれない。それで、先生が舞華ちゃんに注意して舞華ちゃんが反省したとかいう流れは、先生の前では「いい子」にしたいであろう舞華ちゃんなら、あり得そうなことだ。だったら、この夏祭りは舞華ちゃんにとっても、わたしにとっても、いい転機《てんき》になるかもしれない。

「ありがとう。じゃあ、一緒に行ってもいい？」

わたしが尋《たず》ねると、舞華ちゃんが「もちろん」と言って、胸《むね》の前で両手を組み合わせた。

そんな舞華ちゃんを、女子のひとりが呼《よ》ぶ。

「ねぇねぇ！　舞華ちゃんは、浴衣《ゆかた》着たりするの？」

その質問に、舞華ちゃんは指先をあごに添《そ》えて「うーん……」と小さくうなった。

「浴衣だと歩きにくいから、私服かなー。うち、あの神社からちょっと距離《きょり》があるから」

「わかる、わかる！　下駄《げた》が歩きにくいんだよねぇ……。だけど、浴衣《ゆかた》にスニーカーとかサンダルじゃ台無《だいな》しだし」

「あたしも私服にしよっかなー。着るのも大変だしね」

「じゃあ、あたしもー」

どうやら、女子グループはみんな私服で行くことで話がまとまりそうだ。

浴衣を着られるのは夏の間、年に数回だけだから、週末の夏祭りには浴衣でと思っていたけれど、みんなが私服で行くというなら、わたしも合わせたほうがいいかもしれない。みんなが私服で来たところに、わたし一人が浴衣だったら、確実に浮《う》いてしまう。

堀越くんもいるなら、浴衣で行ってみたいなと思う気持ちは少しあるけど、でも、このタイミングで舞華ちゃんのグループから浮《う》くようなことをする勇気は、わたしにはなかった。

日曜日の夜、わたしは白の半そでトレーナーにデニムのショートパンツ、足もとは通学にも使っているスニーカーというラフな格好《かっこう》でお祭りの会場に向かった。前髪《まえがみ》を手作りのヘアピンでとめて、少しだけおでこを出してみたけど、学校で会うときと髪形《かみがた》が違《ちが》うことに、堀越くんは気づいてくれるだろうか。

そんなことを考えて弾《はず》んだ鼓動《こどう》を、わたしは走ってごまかした。

夏祭りの会場になる神社へは、歩いて20分くらいだ。途中《とちゅう》で少し走ったからか、みんなと約束した19時より、10分ほど早く着いた。

「みんな、まだかな……？」

そう思ったとき、「佐保さーん」と手を振《ふ》る影《かげ》が目にとまって——わたしは唖然《あぜん》とした。

鳥居《とりい》の前に、クラスの女子たちが集まっていた。最初、それが待ち合わせしているクラスメイトたちだとわからなかったのは、全員が鮮《あざ》やかな浴衣姿《ゆかたすがた》だったからだ。

「なんで、みんな浴衣《ゆかた》……」

「あれー？　佐保さんは私服なの？　せっかくのお祭りなのに」

大ぶりの牡丹《ぼたん》が咲《さ》いたピンク色の浴衣《ゆかた》を着た舞華ちゃんが、巾着《きんちゃく》を揺《ゆ》らしながらフフンと笑《わら》う。足もとは、花柄の鼻緒《はなお》がついた黒い下駄《げた》。帯《おび》も、メイクも、ヘアセットも、得意げな笑顔《えがお》に合わせたようにバッチリ似合《にあ》っている。仮《かり》に、わたしが同じ浴衣《ゆかた》を着て同じメイクをしたとしても、こんなふうには絶対なれないだろう。

そのとき、「あ、いたいた」とうしろから声がして、わたしは背中《せなか》を震《ふる》わせた。振《ふ》り返《かえ》ったところに立っていたのは、堀越くんを先頭にしたクラスの男子たちだ。

「おー、みんな浴衣？」

「祭っぽいねー」

女子たちの浴衣姿《ゆかたすがた》に、男子たちが笑顔《えがお》を見せる。女子たちもまんざらではないようで、とくに舞華ちゃんは、すかさず堀越くんに歩《あゆ》み寄《よ》っていた。

「どう？　堀越くん。この浴衣も帯も、買ったばっかりなんだー。メイクもがんばっちゃった」

「うん。いいじゃん、似合《にあ》ってるよ」

堀越くんが笑顔と一緒《いっしょ》に返した答えに、舞華ちゃんが、きゃあっと声を上げる。そんな顔もできるんだな、と、わたしがひどく冷《さ》めた頭の片隅《かたすみ》で思ったとき、堀越くんが「あれ？」とわたしのほうを向いた。

「佐保さんだけ、浴衣《ゆかた》じゃないんだね」

「あ、うん……。着付けが、大変だから、サボっちゃった」

「サボる」なんて言葉は、絶対に使いたくなかったが、答える声が震《ふる》えないようにするので精《せい》一杯《いっぱい》で、ついつい自らを笑い者にするようなことを言ってしまった。すると、冷《さ》めていた頭がカァッと熱くなって、わたしはこらえきれず顔を伏《ふ》せた。

今、わかった。わたしは、このために舞華ちゃんに呼《よ》ばれたんだ。

「私服で行く」と言ったのは、わたしを私服で来させるためのウソ。あのあと、舞華ちゃんはわたし以外の女子みんなに浴衣《ゆかた》を着てくるよう指示したんだろう。女子の中でたったひとり、私服姿のわたしが浮《う》いて見えるように。堀越くんが、地味なわたしを見てあきれるように。

「それじゃ、行こっか」

男子の声に、はっと顔を上げる。わいわいと歩き出したグループの一番うしろに、わたしはかろうじてくっついた。

そんなわたしを、舞華ちゃんがチラリと振《ふ》り返《かえ》る。フフン、ではない、ニヤリと笑う顔が薄《うす》闇《やみ》の中にはっきりと見えて、わたしは泣きたくなった。

どうしよう。このまま抜《ぬ》けて、帰ってしまおうか。でも、黙《だま》って帰ったことがバレたら、また何を言われるかわからない。これまでは知らんぷりをしていればいいと思っていたけれど、ここまでされたら、もっとひどいこともされるかもしれないという不安が、むくむくと膨《ふく》れ上《あ》がってきた。

本当に、サボテンのように何も感じない、突《つ》っ立《た》っているだけの存在《そんざい》になれたら、いっそ楽かもしれないのに。

そう思ったとき、夜空がふいに明るくなった。一瞬《いっしゅん》遅《おく》れて、ドーンという音が降《ふ》ってくる。

打ち上げ花火が始まったのだ。

「わぁー、上がった上がった！」

「きれー」

「えっ、俺まだ唐揚《からあ》げ買ってない！　食べながら見ようと思ってたのに！」

「さっさと買いに行こうぜ！」

「あたし、チョコバナナ買おっかなぁ」

「金魚すくいは？　みんなでやらない？」

屋台が両側に並《なら》ぶ参《さん》道《どう》を、クラスメイトたちがきゃっきゃと歩いていく。からん、ころん、と石《いし》畳《だたみ》を打つ下《げ》駄《た》の音が、今年はヤケに物《もの》悲《がな》しい。

「堀越も行こうぜ！　唐《から》揚《あ》げ、なくなっちゃうぞ」

男子の1人が行く手を指さして堀越くんを呼《よ》ぶ。けれど、堀越くんは参道の端《はし》でおもむろに足を止めた。

「俺、唐《から》揚《あ》げはいいや。花火始まっちゃったから、特《とく》等《とう》席《せき》で見る」

「特等席？」と、すかさず反応したのは舞華ちゃんだ。手にはいつの間にか、キラキラと光るりんご飴《あめ》が握《にぎ》られていた。

「堀越くん、特等席なんてあるの？」

「あぁ。ここからちょっと山のほうに上がったところに、視界が開けてる場所があるんだ。そこからだと、花火がよく見えるんだよ。毎年、誰もいないから、あまり知られてないんだと思う」

「へぇぇ、すごーい！　ねぇねぇ、わたしも一緒《いっしょ》に行っていい？」

堀越くんより先を歩いていた舞華ちゃんが、アイメイクばっちりの目をますます輝《かがや》かせながら、堀越くんのもとまでクラスメイトをかき分けて戻《もど》ってくる。「誰もいない特等席」で堀越くんと打ち上げ花火を眺《なが》めることしか、今の舞華ちゃんの頭の中にはないんだろう。

ただ、目の前まで迫《せま》ってきた舞華ちゃんを見て、堀越くんは「うーん……」と首をかしげた。

「でもそこ、足もととか、ぜんぜん整備《せいび》されてないんだよね。けっこう急な斜面《しゃめん》を、茂《しげ》みをかき分けながら上がっていかなきゃいけないから、浴衣《ゆかた》だとちょっと無理だと思う。下駄《げた》だし」

堀越くんの冷静な言葉を聞いた舞華ちゃんが、頬《ほお》をひっぱたかれたような表情になった。大きく見開かれた目が、メイクの「デカ目」効果《こうか》もあって、顔から落っこちそうになっている。

でも、一番驚《おどろ》いたのは、きっとわたしだ。

「あ、でも、佐保さんは私服だから、大丈夫《だいじょうぶ》だと思う。一緒に行こう!」

わたしがワケもわからず「え……」とこぼしたつぶやきと、舞華ちゃんの驚愕《きょうがく》と非難《ひなん》が混《ま》じった「えっ!?」という声が重なった。舞華ちゃんの声のほうが大きかったのに、堀越くんは、ずっとわたしを見つめたままだ。

「誰もいない特等席」で、堀越くんと打ち上げ花火を眺《なが》める――それしか、わたしは考えられなくなっていた。

「……一緒に行っていいの？」

「もちろん！」

参道からはずれて駆《か》け出《だ》した堀越くんを、わたしは夢中《むちゅう》で追いかけた。「あっ、ちょっと！」と舞華ちゃんが悲鳴まじりの声を上げていたけれど、わたしは、一度も振《ふ》り返《かえ》らなかった。

参道からはずれた堀越くんは、たしかに、浴衣《ゆかた》と下駄《げた》じゃムリだなと思うような山道をずんずん上って行く。やがて、境内《けいだい》のいたるところに吊《つ》るされた祭り提灯《ちょうちん》の明かりも届《とど》かなくなり、少しずつ不安になってくる。ときおり頭上で開く打ち上げ花火だけが、断続的《だんぞくてき》に足もとを照《て》らしている。

そのとき、花火の途切《とぎ》れた暗闇《くらやみ》のなかで、ズリッと足が落ち葉の上を滑《すべ》った。

「きゃっ！」

「大丈夫《だいじょうぶ》？　歩くの、早かった？」

「だ、大丈夫《だいじょうぶ》……」

ドキドキしながら体勢《たいせい》を立て直したところへ、すっと、手が差し出された。

ドーン、パラパラパラ……と、開いた花火の名残《なごり》が夜空を散《ち》る。その光に照らし出されて浮《う》かび上《あ》がったのは、堀越くんが、わたしに向かって手を差し出している光景だった。

「つかまって。もう少しだから、がんばって」

「う、うん……」

そっと、わたしは堀越くんの手に自分の手を預《あず》けた。手と手が触《ふ》れた瞬間《しゅんかん》、胸《むね》のドキドキが、花火の音に負けないくらい強くなった。

「よし、着いたっ。ここだよ」

「うわぁ、すごい……！」

ほどなく、山の中に唐突《とうとつ》に開けた場所が現れて、そこから空を見上げたわたしは、思わず息をのんだ。頭の上にまるく広がった夜空には、何物にもさえぎられることなく、大輪《たいりん》に花開く打ち上げ花火が輝《かがや》いていた。

「こんなに近くで花火を見るの、わたし、初めてかも。すごいね」

「だろ？　ここを見つけてから毎年、ここで見てるんだ。今まで誰も連れてきたことないんだけど、佐保さんを連れてこられて、よかった」

「え？」

——それって、どういう意味？

そう思っても、言葉にはできない。わたしたちは花火の下で、無言で目を合わせた。見つめ合う形になった堀越くんが、「あ」と口を開ける。

「その髪《かみ》どめ、もしかしてそれも、佐保さんの手作り？」

「え？　あ、うん。そうだけど……。よく、手作りだってわかったね」

わたしは驚《おどろ》いて、前髪《まえがみ》をとめるヘアピンに指先で触《ふ》れた。

男子は女子のアクセサリーなんかに興味《きょうみ》はないものだと思っていた。しかも、それが既製品《きせいひん》か手作りかを見分けることができるなんて、意外も意外だ。

「だって佐保さん、そういうの作るのが得意だって言ってたよね。前に誰かと、『体操服袋《たいそうふくぶくろ》も上履《うわば》き入れも自分で作った』って話してたから、ひょっとしてそれも手作りなのかなって思ったんだ」

驚《おどろ》きのあまり、何も言葉が出てこなかった。

たしかに、中2に上がってすぐのころ、近くの席の女子とそんな話をしたような気がする。

でも、堀越くんに言われるまで忘《わす》れていたくらい些細《ささい》なことだ。そんな程度《ていど》のことを、まさか、堀越くんが憶《おぼ》えていたなんて……。

「俺、けっこう佐保さんのこと見てたんだよ。気づいてなかったかもしれないけど」

「え……。え？　なんで……」

なんでって……と、堀越くんがふいに口ごもる。微妙《びみょう》な空気が流れるわたしたちの頭上で、花火だけがマイペースに咲《さ》き続《つづ》けている。

何か言わなきゃ、と、わたしは軽くパニックになった。

「あっ、あぁ！　もしかして、わたしが地味《じみ》すぎるから？　なんせ、サボテンって言われちゃうくらいだもんね！」

「え？　サボテン？」

そう言った堀越くんは、心底《しんそこ》、怪訝《けげん》そうだった。

「なんのことかわからないけど……サボテンは地味じゃないよ」

「え？」

「サボテンって、すごくキレイな花が咲《さ》くんだよ。ふつうの花より神秘的《しんぴてき》で、俺、大好きなんだ。だから、自分の手もとで大事に大事に咲かせたくなる。どんな花が咲くのかなって、毎日わくわくするよ」

　堀越くんの一言一言に、鼓動《こどう》が速さを増してゆく。このままじゃ、花火と一緒《いっしょ》に、わたしの胸《むね》が破裂《はれつ》しそうだ。そう思って胸を押《お》さえたとき、頭上で金色の花火が開いて、堀越くんの顔を明るく照らした。わたしのほうをじっと見つめている、堀越くんの顔を。

「それに俺、佐保さんのこと、地味だなんて思ったことない」

「え……？」

「なんていうか……。自分でいろいろ作っちゃうなんて器用《きよう》だな、おしゃれだなって思って見てたんだ。その髪《かみ》どめも、似合《にあ》ってる。学校と違《ちが》っておでこ出してるのも、かわいいなって思って見てる」

　待って。待って待って待って、これは本当に心臓《しんぞう》がもたないかもしれない。

「か、かわいいっていうのは、舞華ちゃんみたいな女の子のことで、わたしなんて……！」

「え、三木さん？　あー……たしかに、三木さんのことを『カワイイ』って言ってる男子はいるけど――さっき『唐揚げ、唐揚げ！』って騒《さわ》いでた中尾《なかお》とか――でも、俺はあーゆーハデで目立ちたがりなタイプ、苦手なんだよね。グイグイくる感じが、コワイっていうか」

堀越くんが、しれっとそう言う。あぁ、舞華ちゃんが聞いたら、ショックで倒《たお》れちゃうかも。

でも、今はわたしも倒れそうだ。

「俺、姉ちゃんが3人いて、『女の子は「カワイイ」って言ってほめないとダメ！』って言われてきたから、そういう言葉としての『カワイイ』を使うことはあるけど……。でも、本当は、『かわいい』って、そんなに簡単に使いたくないと思ってる」

そう言って笑った堀越くんが、一歩、わたしのほうに近づいてくる。とっさに腰《こし》が引けそうになって——でも、パッと手をつかまれたから、それもできなかった。

「なんで今日、浴衣《ゆかた》じゃなかったの？」

「えっ？」

「佐保さんが浴衣《ゆかた》着たとこ、俺、めっちゃ見たい。絶対にかわいいはずだから。……あ、でも、今日浴衣《ゆかた》だったら一緒《いっしょ》にここに来られてなかったから、よかったのかな？」

「ちょ、ちょっと、堀越くん？」

ギュッと、わたしの手を握《にぎ》る堀越くんの手に、力が入る。こんな間近《まぢか》で見られたら、いくら夜の山の中でも、わたしの顔が真っ赤になっていることがバレてしまう。

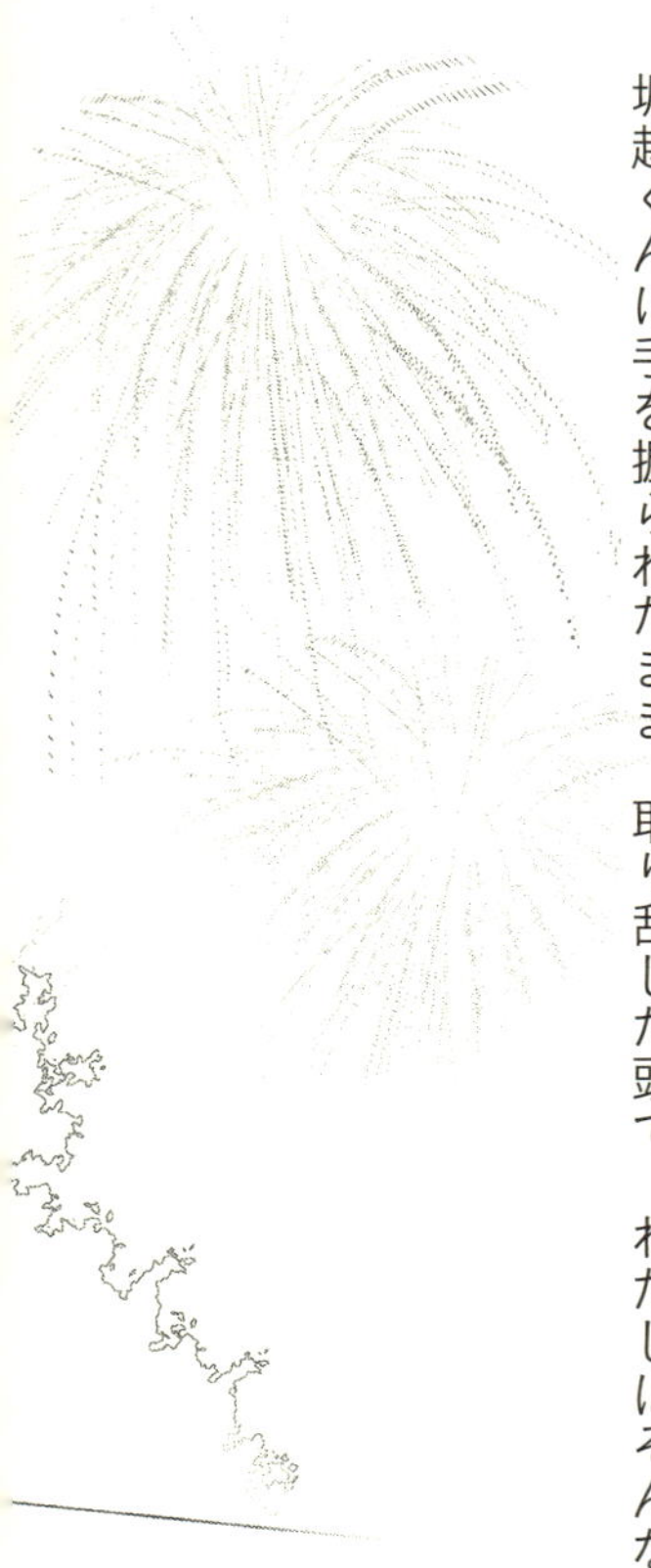

「今夜、言おうと思ってたんだ。俺、佐保さんのことが好きだよ」

――あぁ、もう。絶対、心臓《しんぞう》の音も聞かれてしまう。

「佐保さんは、俺にとっての『かわいい』だから。だから今度、俺のために浴衣《ゆかた》着てくれない？　おでこも、出してくれたら嬉《うれ》しいな。でも、俺の前でだけね？　もったいないから」

ウソでしょ。堀越くんって、こういうタイプだったの？　今まで声もかけられなかったから知らなかったけど……。これはいいよ、心臓が破裂《はれつ》する。

ドドーンという音がした。一瞬《いっしゅん》、本当に心臓《しんぞう》が破裂《はれつ》したのかと思った。今夜一番、大きな花火が打ち上がったようだ。見上げた空が一面、赤と金を織《お》り交《ま》ぜた光に染《そ》まっている。

こんなにドキドキする色の花が、サボテンにも咲《さ》くんだろうか。

堀越くんに手を握《にぎ》られたまま、取《と》り乱《みだ》した頭で、わたしはそんなことを考えていた。

秘密のデート

「はい、優美《ゆうみ》先輩《せんぱい》！　イチゴとチョコのやつ」

優美の鼻先を、甘い香りがくすぐる。

「あ、ありがとう」

高木《たかぎ》優美が目の前に差し出されたクレープを受け取ると、後輩《こうはい》男子――野中隼人《のなかはやと》が「うん！」と幼《おさな》さの残る笑顔を返してきた。その両頬《りょうほお》に、深いえくぼができる。そのことは、隼人が優美と同じ美術部に入部してきて早いうちに気づいたが、まさかこうして放課後に2人でクレープを食べることになるとは思わなかった。

隣《となり》で満足げにチョコバナナのクレープをパクつきながら歩いている後輩を、優美は慣《な》れた目で見上げた。

「この前はドーナツで、今日はクレープなんて、本当に甘《あま》いものが好きなんだね、野中くん」

「スイーツは、女子だけのものじゃないんですよ。あ、そうだ！　今度はケーキを食べに行きましょうよ！」

それか、パフェとか、思いきってスイーツバイキングとか……と、空を見て甘いものを列挙《れっきょ》しながら、隼人がスタスタと歩いていく。隼人は１年生なのに背《せ》が高く、おまけに歩くのが早い。うっかりしていると、どんどん２人の距離《きょり》が開いて、置《お》いていかれてしまう。

歩調を意識的に少し早めて、優美は隼人に声をかけた。

「それで？　今日は、どこに行くの？」

「そうだなぁ……映画は前に行ったから、今日はショッピングかなぁ。僕、そろそろ新しい服が欲《ほ》しかったんです」

ショッピング、と、優美は声に出してつぶやいた。女友だちとはたまにショッピングに出かけるが、男子と一緒《いっしょ》に行くことは、まずない。でも、「今度の日曜日、彼氏とショッピングデートなんだー」と楽しそうに話していた友人もいるから、デートの定番らしい感じはする。

「わかった。ショッピングね」

「やった！　じゃあ、こっち」

クレープを頬張《ほおば》って、隼人がさくさく歩いていく。イチゴを落とさないように気をつけながら、優美はそのあとを足早《あしばや》に追った。

よく女友だちと歩く街も、後輩《こうはい》の男子と歩いていると、なんとなく見え方が違《ちが》う。それは、隼人と初めて2人で歩いたときにも思ったことだが、ショッピングとなるとよけいだった。たくさんのテナントショップが並《なら》ぶ駅ビルの一角《いっかく》。隼人が足を踏《ふ》み入《い》れるショップは、女子どうしでは入ることのない男性向けのショップばかりで、男兄弟もいない優美は新鮮《しんせん》な気持ちになった。

「あー、迷《まよ》う！　どっちもいいなぁ……。優美先輩は、どっちがいいと思います？」

「私だったら、グリーンのほうかな」

「え、そうですか？　赤はダメ？」

「ダメっていうわけじゃないけど……。どちらかというと、グリーンのほうが落ち着いてて、好きかなって」

「うーん、そっかぁ……うーん……」

さんざん迷《まよ》った挙句《あげく》、隼人は悩《なや》んでいたシャツを2着ともラックに戻《もど》した。

またた。ため息をつきそうになるのを、優美はなんとかこらえた。

同じことを、もう3回も4回も、隼人は繰《く》り返《かえ》している。悩《なや》んで悩《なや》んで、優美に意見を聞き、それでも決めきれず、結局、どちらも棚《たな》に戻《もど》してしまうのだ。おそらく、限られた予算のなかで、より納得のいくものを探そうとしているのだろうが、これなら女友だちのほうがまだ判断が早い――と、比べてしまうのは間違《まちが》いなのかもしれないが。

「あ。あっちも見ていいですか？　優美先輩」

「いいけど、その前にちょっと休憩《きゅうけい》しない？　ずっと歩きっぱなしだし……。近くにカフェがあるから」

優美の提案に、しかし隼人は「うーん……」と渋《しぶ》い表情を見せた。

「でも、さっきクレープ食べたばっかりだし、やっぱり先に服を探したいなぁ」

ダメですか？　と、えくぼを作った隼人が、優美の顔をのぞきこむように尋《たず》ねてくる。だったら私はカフェで休んでるから野中くんは服を探してくれれば？　という言葉がノドのすぐ上のところまでせり上がってきたが、優美は先ほどのため息と同様、それをぐぐっと飲み下した。

「……わかった。それじゃあ、もう少しだけね」

「はい！」

隼人のえくぼが、深くなる。その笑顔《えがお》は１００点なのにな、と優美は思った。

結局、隼人は１着も服を買わなかった。「気に入るものがありませんでした」と本人が言うのだから仕方がないが、しきりに「先輩《せんぱい》はどう思います？」「どっちが好きですか？」と尋《たず》ねてきたのはなんだったんだろう、という気がしないでもない優美である。

「付き合ってくれて、ありがとうございました」

「でも、いいのが見つからなくて残念だったね」

「はい……。なので、また付き合ってください！」

一見、無邪気《むじゃき》なその言葉には、すぐに「わかった」という返事が出てこなかった。ごまかすように、優美はあたりへ視線をめぐらせる。

「それじゃあ、お茶でも飲んで、一休みしてから帰ろっか」

そんな優美の提案に返ってきた答えは、「いえ」というキッパリした否定《ひてい》だった。

「僕、今日はこれで帰ります。お茶は、次の楽しみに取っておきたいので」

にっこりと笑《わら》う隼人の表情に、悪意はない。あるのは、無邪気《むじゃき》なえくぼがふたつと、前髪《まえがみ》からのぞく素直な瞳《ひとみ》だ。しかし、本当に素直なら、学ばないにもほどがある。

「野中くん。いいかげんにしないと、私も怒《おこ》るよ？　本当に、やる気あるの？」

突然《とつぜん》、声をピリつかせた優美に、隼人は「え？」と首をかしげてみせた。優美をあおるためにワザとやっているのか、それとも天然《てんねん》でやっているのか優美にはわからなかったが、この際《さい》、どちらでもいい。

「あのね、前にも言ったでしょ？　まず、野中くん、歩くのが早いの。野中くんは背《せ》が高いんだから、あの速さで歩かれたら、女子はどんどん置いてかれちゃう。今日みたいな食べ歩きのときは、余計《よけい》に気をつけなきゃ。なんなら、食べ終わるまでは動かないほうがいいよ」

「え、でも……。それじゃあ時間が減《へ》っちゃうから……」

「クレープを食べてる時間だって、デートの時間だよ。もちろん、ショッピングだってデートだけど、自分の都合《つごう》で相手を振《ふ》り回《まわ》すのはダメ！　女子は男子より体力ないんだから、あちこち連れ回されたら、それだけで疲《つか》れちゃうよ。だから、カフェで一休みする時間も必要なの。

お茶を飲みながら話すことだって、できるでしょ？　相手のことを知るためには、まず会話をしなきゃ。相手が野中くんのことを知りたい、野中くんともっとお話ししたいと思ってたら、どうするの？　なのに、それをシャットアウトして『もう帰ります』なんて、ぜんぜん歩《あゆ》み寄《よ》れないじゃない」

黙《だま》って優美の言葉を聞いていた隼人の顔には、微笑《ほほえ》みに近い表情が浮《う》かんでいる。その様子は、優美の言葉が響《ひび》いているのかどうか微妙《びみょう》なところだ。

はぁ……と、今度は抑《おさ》えることなくため息をこぼしてから、優美は少しだけにらむような目で隼人を仰《あお》ぎ見《み》た。

「あのね。『好きな人のために、デートの練習をしたいから付き合ってほしい』って言ってきたのは、野中くんでしょ？　私は、できる範囲《はんい》でアドバイスしてるつもりだけど、本当に私の言うことを参考にする気あるの？　その女の子と、付き合いたいんじゃないの？」

イライラしながら優美が直球で迫《せま》ると、「もちろん、いつか付き合いたいとは思ってます」と、隼人が言いきる。だったら、隼人の言葉と行動はバラバラだ。

「あのね」と、もう一度、優美が言《い》い含《ふく》める口調になったときである。

「だって、僕が一気に上達したら、優美先輩、もう練習に付き合ってくれないでしょ？」

その一言で、何を言い聞かせるつもりだったのかを優美は忘《わす》れた。

「え……？」

「だから、今日は帰りますね。次は、優美先輩の希望どおり、お茶しに行きましょう！　あ、ケーキも食べましょうね。僕、今から待ち遠しいです。それじゃあ、また連絡《れんらく》しますね！」

長めの前髪《まえがみ》の間からにっこり笑《わら》って手を振《ふ》る隼人に、優美が手を振《ふ》り返《かえ》す余裕《よゆう》などは、どこにもない。

そんな優美をほったらかしてパッと長身を翻《ひるがえ》した隼人は、駅ビルの中を駅のほうへ向かってさくさく歩いてゆく。そして、通路を曲がる手前でくるりと優美を振《ふ》り返《かえ》ったかと思うと、長い腕《うで》をめいっぱい使って手を振《ふ》ってきた。「ばいばい！」と、その口が動いている。

そうして隼人は、優美の反応にはまるで頓着《とんちゃく》せず、駅のほうへと姿《すがた》を消したのだった。

「『好きな人のためにデートの練習したい』って言うから、練習相手になって、アドバイスまでしてたのに……。まさか、野中くんの『好きな人』って……」

つぶやくうちに、頬《ほお》が熱くなってくる。「いつか付き合いたいと思ってます」という言葉まで鮮明《せんめい》にリフレインしてしまって、思わず優美は、自分の頰《ほお》を押《お》さえた。そうして気づく。

――野中隼人のあのえくぼは、とんでもないクセモノだ。

優等生と呼《よ》ばないで

「クラス委員は、笠原《かさはら》さんがいいと思いまーす」

高く上げた手をひらひらさせながら、誰かが言う。あぁ、やっぱり、こうなってしまうんだ。

「笠原さん、成績もいいし、マジメだしー。委員長にピッタリだと思いまーす」

「笠原さん、推薦があったけど、どうですか？　クラス委員長、やってもらえる？」

先生が、じっと私を見つめてくる。クラスメイトたちの視線も同じように突《つ》き刺《さ》さっているのを、私は全身の肌《はだ》で感じている。

「……はい。やります」

私が答えた瞬間《しゅんかん》、ほっとした気配が教室を満たしたのがわかった。それは先生も同じだ。これで授業が始められる。きっと、そう感じているに違《ちが》いない。

私をクラスの委員長に「推薦《すいせん》」した女子が、ニヤニヤ笑っているのが見えた。私はそっとため息をつくだけで、目をそらす。私にできることは、それだけだ。

子どものころから、勉強は得意だ。クラス委員をやったところで、成績を維持《いじ》する妨《さまた》げにはならないだろう。受験にだって、有利になるかもしれない。

みんなが私に抱《いだ》いているイメージは、「おとなしくていい子」とか「マジメな優等生」とか、そんなところだろう。もちろん、からかう意味合いも、そこに含《ふく》まれているのはわかっている。そして、学級委員長やクラス委員長という役割を押しつけるには、ちょうどいい人間だと思われているのだろう。長い髪《かみ》をうしろでざっくりひとつに縛《しば》っているのも、「おとなしい」印象につながっているのかもしれない。もっとも、引き受けた最大の理由は、「私はやりたくありません」「そうは思いません」と反対意見を口にできない気の弱さだということも、わかっている。

嫌《きら》われてもいいから、煙《けむ》たがられてもいいから、私の意見を聞いてほしい。そう思えたら、もっと気楽な学校生活を送れるのかもしれない。

けれど、現実の私には、そんな大それたことなんてできない。私の発言で場を乱《みだ》すのも、うっとうしく思われるのも、私は嫌《いや》だ。誰かに嫌われるのも、面倒《めんどう》なヤツと思われるのも怖《こわ》い。だから、本音を表に出すことができない。嫌われるリスクがあるなら、私が我慢《がまん》すればいい。そう考えるクセが、私にはついている。

「委員長、ごめん！　今日の掃除当番《そうじとうばん》、代わってくれない？　あたし、どーしても行かなきゃいけない用事があるの！　そういうのも、委員長の役目だよね？　お願い！」

目の前で、クラスメイトの女子が両手を合わせて拝《おが》む仕草《しぐさ》をする。

「嫌だ」と言いたかった。私だって、早く帰れたらやりたいことくらいある。でも、それを口に出すことはしない。

「うん。いいよ」

「ほんとっ？　ありがとー！　さすが委員長！」

とたんに顔を上げて笑顔を弾《はじ》けさせたクラスメイトは、私の気が変わるのをおそれてか、あっという間に走り去っていった。その背中が消えたあと――絶対に彼女に聞こえないと確信できてから――私はため息をついた。

「やっぱり、断れなかった……」

本当は、こういうことは断ってしまいたい。クラス委員に、代理で掃除《そうじ》をする義務《ぎむ》も義理《ぎり》もない。頭ではそう思っていても、実際に断ることはできない。断ったとき、彼女に、なんと思われるかが気になってしまうから。

結局、放課後になって、私は掃除当番の代わりを頼んできたクラスメイトが、ほかの女の子たちとキャーキャー笑いながら校門に向かって行く光景を、教室の窓《まど》から見ていた。「どうしても行かなきゃいけない用事」とは、なんだったんだろう。カラオケか、流行りのカフェか、ショッピングか。

「私だって……」

ギュッとほうきを握《にぎ》りしめて、私は声に出していた。

私だって、歌いたいときがある。甘《あま》いものが食べたいときも、思いっきり買い物をしたいときも。そうやって、自分のやりたいことを口に出すだけのことが、どうしてこんなに難しいんだろう。他人の顔色ばかりうかがって、自分を殺して、私はいったい何がしたいのか、ときどき本気でわからなくなる。

やりたくないことは「嫌だ」と言えるようになりたい。

「おとなしくていい子」とか、「マジメな優等生」とかという評価は、窮屈《きゅうくつ》で息《いき》が詰《つ》まる。

面倒事《めんどうごと》を人に任《まか》せて、自分の好きなことをできる子たちが、ときどき、ねたましくなる。

みんな私を「委員長」と呼《よ》ぶけれど、それは、私の名前ではない。

思考がどんどん暗い方向へと向かっていく。私はブンブンと首を横に振《ふ》った。ネガティブさは連鎖《れんさ》する。よくない鎖《くさり》は早めに断《た》ち切《き》るべきだ。

「ゴミ、捨ててこよう……」

掃除道具《そうじどうぐ》をロッカーにしまって、私は口を縛《しば》ったゴミ袋《ぶくろ》を手に、教室を出た。ゴミを捨てたらそのまま帰ろうと、通学カバンも一緒に持って校舎裏《こうしゃうら》に向かう。

そこに、彼がいた。こんな時間の校舎裏《こうしゃうら》になんて誰もいないと思っていたから、人影《ひとかげ》がうずくまっていたことに驚《おどろ》いて、「きゃっ」と小さく声を上げてしまう。

その声に振《ふ》り返《かえ》った彼は、夕陽を受けてキラキラと輝《かがや》く明るい髪色《かみいろ》をしていた。

かがんでいた彼の手もとから、ひゅっと何かが飛び出した。そのままどこかへ駆《か》けていったのは、真っ黒な毛並みの猫《ねこ》だった。

「あー、行っちゃった。まだ残ってるのに、かつおぶし」

どうやら、ノラ猫にエサをあげていたらしい。その猫が逃《に》げたのは、たぶん――

「私、食事の邪魔《じゃま》しちゃったかな……？」

ぽつりとつぶやくと、男子生徒がひょいと軽やかな動作で立ち上がった。私より少し背が高いくらいで、正面から見ても、やっぱり髪《かみ》は明るい茶色をしている。見れば、瞳《ひとみ》も同じ色だ。日本人離れした髪と瞳の色ではあるけれど、染めたり、カラーコンタクトを使っているわけでもなさそうだった。

「ううん、大丈夫《だいじょうぶ》。ちょっと遊んでただけだから」

そう言った男子はかつおぶしのパックらしきものを無造作《むぞうさ》にスラックスのズボンに突《つ》っ込《こ》むと、自分が猫のように「うーん」と腕《うで》を上に広げて伸《の》びをした。

「掃除当番《そうじとうばん》？　こんな時間まで、大変だね」

ひとしきり体を伸《の》ばした男子が、にこりと笑顔を向けてきた。私は手に持っていたゴミ袋《ぶくろ》の存在を思い出し、それを決められた場所にドスンと置く。少し、よけいな力が入ってしまった。

「私の当番じゃないんだけどね」

そんなつぶやきがもれたのは、掃除をしながら悶々《もんもん》と考えていたことが尾《お》を引いていたせいだ。聞かせるためにつぶやいたことではなかったけれど、男子の耳には届《とど》いたらしい。

「当番じゃなかったのに、ゴミ捨て？　何で？」

「頼《たの》まれたっていうか……押しつけられたっていうか」

本音はひとつこぼれれば、ぽろり、ぽろりと、あとは連鎖《れんさ》だ。

「自分の役割なのに、ほったらかして行っちゃうなんて、勝手だよ。私が委員長だから押《お》しつけてもいいなんて、そんな考え方も勝手だし」

「だったら、その人にそう言えばよかったのに」

能天気《のうてんき》な言葉に、私は思わず強い視線を送ってしまった。

「それができたら、こんなに悩《なや》まないよ。自由人の須崎《すざき》くんには、わからないよ」

男子が目を丸くする。自分で自分の鼻を指さして、なぜか嬉《うれ》しそうに男子は笑った。

「俺のこと、知ってるの？」

「知ってる。須崎《すざき》ユーリくんでしょ。須崎くん、有名人だよ」

「ユーリ」という名前に漢字があるのかを、私は知らない。髪《かみ》と瞳《ひとみ》の色が変わっているから、彼をハーフやクオーターなんじゃないかと言う人もいるみたいだけど、本当のことはわからない。知っているのは、彼が「学校一の変わり者」と呼《よ》ばれていることくらいだ。

「でも、『自由人』ってレッテルを貼《は》ってもらうと楽でいいよ。掃除を押しつけられた委員長さんは、なんだか不自由そうに見えるけど」

「委員長さん」というのが私のことだと気づくまで、少し時間がかかった。遅《おく》れて、「不自由そうだ」と言われたことに心の片隅《かたすみ》がささくれる。

「須崎くんみたいに自由気ままに生きている人がいるから、『委員長』が必要なの」

言ってから、少しトゲがあったかなと気づく。でも、須崎くんは今度も、にこりと笑った。

「委員長だって、自由に生きればいいじゃん」

その一言に、心のささくれが刺激《しげき》される。小さな傷口《きずぐち》に水をかけられたような――無視《むし》することもできるけど、一度意識してしまえばずっと続いてしまいそうな――痛《いた》みがあった。

「自由に生きるのなんて、簡単《かんたん》だよ。自分に足かせをつけなきゃいいだけなんだから」

こともなげに言い放った須崎くんが、くぁ……と、また猫《ねこ》のようにあくびをする。その言葉も、気の抜《ぬ》けた仕草も、今の私には毒だった。

「そんなに簡単じゃないよ」

ぴしゃりと言いきって、私はお気楽な笑顔に背中を向けた。「ありゃ」と聞こえてきた声は私を追いかけてくるでもなく、どこまでもつかみどころがなかった。

翌朝《よくあさ》、私が廊下《ろうか》を教室へと向かっていると、なんとなく背中に気配を感じた。無視できない感覚に立ち止まって振《ふ》り返《かえ》り、その瞬間《しゅんかん》に後悔《こうかい》する。

「あー、やっぱり委員長だった！」

私に向かって小走りに廊下《ろうか》をやってくるのは、須崎ユーリだった。

「な、なに？」

「これ、昨日落としてったよ。マジメな委員長は、校章《こうしょう》をなくしただけでパニくるかと思って」

そう言った須崎くんが、勝手に私の手をつかむ。ドキッとしたのもつかの間、手の平にぽとりと、それが落とされた。制服の襟《えり》につける校章バッヂだ。たしかに、今朝、制服を着るときに、なくなっていることに気づいた。どこでなくしたのかと思っていたら、なるほど、昨日の放課後、ゴミを捨てに行ったときに落としたらしい。

「わざわざ届《とど》けてくれて、ありがとう。だけど……予備のバッヂつけてきたから」

「えっ！　校章バッヂの予備を持ってんの？　委員長、俺の想像を上回ってマジメだわ」

ほめられているのか、からかわれているのか、まるでわからない口調に、私がギュッと唇《くちびる》を結んだとき、「須崎ー!」という呼《よ》び声《ごえ》が聞こえてきた。「うわ来たっ!」と声を上げた須崎くんが、あたりをキョロキョロと見回す。その茶色い瞳《ひとみ》が、ふたたび私に定まった。

「委員長! バッヂのお礼にかくまって!」

「は?」

言うなり、須崎くんが近くの男子トイレに飛びこむ。直後、先ほど須崎くんが駆《か》けて来たほうから——たぶん、須崎くんのクラスの担任だろう——先生が走って来た。

「なんだ、笠原じゃないか。こっちに、須崎が来なかったか?」

ほんの一瞬《いっしゅん》ためらってから、私は、廊下《ろうか》の先を指さした。

「あっちに、走って行きましたけど……」

「そうか、ありがとう」

口早に言った先生は、まっすぐ廊下《ろうか》を走って行った。その足音が十分離れてから、ひょこっと須崎くんが男子トイレから顔を出す。

「さすが委員長。先生からの信頼《しんらい》も絶大《ぜつだい》だね」

「……須崎くん、何したの？」

悪ガキのような表情の須崎くんに尋《たず》ねると、「んー？」とのんきな笑顔とあくびが返ってきた。

「この前、進路希望の調査あったでしょ？　あれ書いて出したら担任から呼《よ》び出《だ》しくらって、でも話が長いから逃《に》げてきた」

「どうせ、ヘンなこと書いたんでしょ」

「俺はマジメに考えて書いたよ！　第一志望『旅人』、第二志望『マジシャン』、第三志望『ヨットで世界一周』って」

……なるほど、先生が追いかけてくるわけだ。

「それのどこがマジメなのよ。私たち、もう3年生なんだから、志望大学を書かないと」

「だって、有名大学に通うより、旅人とか世界一周とかのほうが憧《あこが》れるんだもん。まぁ、本来なら、医大って書かなきゃいけないんだろうけど……」

須崎くんがボソッと口にした言葉が意外で、思わず「医大？」と私は聞き返していた。

「お医者さんになるのが夢なの？」

「いや。それは両親の夢」

「どういうこと？」

隣《となり》を歩く須崎くんが、ちらっと私のほうを見た。「まぁいっか、委員長なら」と、その唇《くちびる》がつぶやいたかと思うと、頭のうしろで手を組んだ須崎くんが、遠くに視線を向けて話し始めた。

「うち、オヤジが医者なんだ。で、母さんも有名大学卒のお嬢様《じょうさま》で、オヤジとは見合い結婚。俺、年の離れたアニキが2人いるんだけど、どっちも医者になったんだ。で、親は、俺も医者にしたいみたい。おかげで、子どものころからグチグチ言われてきたんだけど、俺、いーかげんウンザリしちゃってさ。『俺の人生は俺のものだ！　俺は医者になんかならない。生きたいように生きる！』ってタンカ切って、絶賛《ぜっさん》親子ゲンカ中」

そう言った須崎くんが、私にピースサインを向けて笑う。同じ笑顔に昨日はイラ立ちを覚えたのに、今日は、なぜか心の奥《おく》で何かが大きく揺《ゆ》れるのを私は感じた。

——自分の人生は自分のもの。生きたいように生きる。思いっきり、自由に。

「いいな……」

「え？」

「須崎くん、変わり者だけど、ちゃんと自分をもってるんだね」

言葉の意味がわからなかったのか、須崎くんが、きょとんとした瞳《ひとみ》をまたたかせた。

『自分をもってる』って、委員長だって、進路のことはしっかり考えてるだろ？　やりたいこと、あるんじゃないの？」

「あるけど……。でも、それを言葉にしたり、親とケンカしてまで主張したりできるのは、すごいなって。私は、まわりの反応を見てばっかりだから。自分が『こうしたい』っていうのより、『これなら、誰も嫌《いや》そうな顔はしないだろうから』って考えて、選んじゃうから。だから、須崎くんは私とは違って……自分の本心を表現できて、いいなって思う」

「じゃあ、委員長もそうすればいいじゃん。自分に正直にさ」

昨日と同じ、こともなげに言われて、私は二《に》の句《く》が継《つ》げなくなった。そこに、「須崎！」という声が廊下《ろうか》の向こうから響《ひび》いてくる。須崎くんを追いかけていた先生だ。

「うわ、見つかった！　じゃあまたね、委員長！」

そう言った須崎くんがポンと私の肩《かた》を叩《たた》いて、近くにあった階段を駆《か》け上《のぼ》っていく。もうすぐ始業のベルが鳴る時間なのに、まだ逃《に》げるつもりなのだろうか。そんなことを考えていると、須崎くんを追いかけていた先生が私のところまでやってきた。

「笠原は、須崎と仲がいいのか？」

「いえ、そういうわけじゃありませんけど……」

それ以上は何も答えられずにいると、「はぁ……」と先生がため息をついた。

「優等生の笠原が、いい影響《えいきょう》を与《あた》えてくれたらいいんだけどなぁ。笠原、須崎に説教してやってくれよー」

たぶん冗談《じょうだん》なのだろうけど、その言葉に、私はふっと違和感《いわかん》を覚える。

「先生」と呼ぶと、先生の意外そうな目が私を見た。

「私が何かを言わなくても、須崎くんはちゃんと考えてますよ」

先生の意外そうな目が、ますます意外そうになって——それが少し気持ちいい。

「俺みたいになりなよ」という楽しげな声を思い出す。私でも、なれるんだろうか。

そんなことを思ってしまって、なぜか勝手に、頬《ほほ》がゆるんだ。


それからというもの、須崎くんは私を見かけるたびに「委員長ー！」と声をかけてくるようになった。これまでは「変わり者」というだけで、なんとなく近づかないほうがいいのかなという印象を抱《いだ》いていたけれど、話してみれば須崎くんには須崎くんの主張がちゃんとあった。

ただ、「まわりが認めてくれないけどね」と、もうすっかり慣《な》れきったように笑う須崎くんは、少しだけ悲しい。

でも、まわりが認《みと》めてくれないことを笑い飛ばせる須崎くんに──私にはない強さをもつ須崎くんに、私は不思議《ふしぎ》な魅力《みりょく》を感じるようになっていった。

「嫌《きら》われることを怖《こわ》がってちゃ、何もできないからね」

ある日、須崎くんは放課後の校舎裏《こうしゃうら》でノラ猫《ねこ》にかつおぶしをやりながら、そう言った。

「怖《こわ》がるばっかりじゃ、こうやって、はじめましてのヤツに近づくこともできないし。自分の夢《ゆめ》をかなえることもできない。そんなの、せっかく生きてるのに、もったいないじゃん。それに、自分の意見を言ったくらいで、誰も委員長のことを嫌《きら》ったりしないよ。俺はむしろ、委員長が自分の夢を語ったり、やりたいことを教えてくれたほうが嬉《うれ》しい。そのほうが、『友だち』って感じするじゃん」

友だち。私と須崎くんは、友だちなんだろうか。そんなふうに考えたら、胸《むね》の奥《おく》がふわりとした。初めての感覚にとまどいつつも、はっきりと、私は思う。

私も、須崎くんみたいになりたい。自分のしたいことを主張できる強さ。嫌《いや》だと感じることを素直に「嫌だ」と言える強さ。須崎くんみたいな優しい強さが、私は欲しい。

「あれー？　笠原さんと須崎くんじゃん」

ふいに名前を呼ばれて、ビクッと背中《せなか》が震《ふる》えた。校舎裏《こうしゃうら》に来る生徒はいないだろうと思っていたから、よけいだ。振《ふ》り返《かえ》ったところに立っていたのは、学校指定のジャージを着たクラスの女子3人組だった。うちの1人は、私に掃除当番を代わってほしいと言ってきた女子だ。

校舎裏にはゴミの集積所《しゅうせきじょ》のほかに、各運動部が使っている物置もあるから、そこに用があって来たのかもしれない。けれど、物置に向かう様子もなく、3人の女の子たちは私と須崎くんを興味津々《きょうみしんしん》の瞳《ひとみ》で見つめてくる。突然《とつぜん》の騒々《そうぞう》しさに、ノラ猫は、とっくに逃《に》げていた。

「こんなところで何してんの？　運動部じゃないよね、2人とも」

「てか、笠原さんと須崎くんって、めっちゃ意外な組み合わせー」

「え、もしかして2人って付き合ってんの？　うっそ、衝撃《しょうげき》なんだけど！」

甲高《かんだか》い声を上げた女の子たちが、「キャーー！」とはしゃいで身を寄《よ》せ合《あ》う。男子と女子が2人でいれば「付き合ってる」ことにしてしまうのが、彼女たちは本当に好きだ。

その言葉を否定《ひてい》するために私が口を開いたとき、いつだったか掃除当番《そうじとうばん》を頼んできた女子が、

「てゆーかさぁ……」と半笑《はんわら》いになって、私に視線を送ってきた。

「笠原さん、須崎なんかと付き合ってたら、成績下がるんじゃやない？　せっかく頭イイんだからさー。友だちは選んだほうがいいよ？『変人』がうつったら、受験ヤバイでしょ」

そう言ってキャハハッと笑う3人の声は、私の耳には不協和音《ふきょうわおん》にしか聞こえなかった。

「須崎くんは『変人』なんかじゃないよ！」

気づけば、先ほど何を言おうとしていたのかも忘《わす》れて、私はそう声に出していた。

「言っておくけど、須崎くんはちゃんと将来のことを考えてるから。もしかしたら誰よりも、自分のやりたいことに正直に生きてるから。自分の望みをかなえるために、須崎くんは、いろんなものと戦ってるんだよ。それを『変人』ってからかうのは、違《ちが》うと思う」

3人の女の子たちが、ぽかんと目と口を開けている。なぜか、須崎くんまで同じ表情になっていた。

女の子の一人が「ねぇ、もう行こ」と、あとの2人をうながして、部室の物置があるほうに小走りに駆《か》けてゆく。その背中《せなか》が視界《しかい》から消えて、私はため息をついた。思った以上に、長い

ため息になった。

「ビックリした……」と、珍《めずら》しく、本当にビックリしたらしい須崎くんの声が聞こえてきて、私は顔を上げた。相対した須崎くんは、まだ半分、目と口をぽかんとさせている。

「委員長が、あんなふうに言い返すなんて……今までだったら、あり得なかったんじゃない？」

「でも、須崎くんに対してあんまり失礼なこと言うから、なんか腹が立って……」

尻《しり》すぼみに答えて、私は胸《むね》を押《お》さえた。今さらになって、心臓《しんぞう》がドキドキしている。あんなふうに言い返したことは、たしかに一度もなかったかもしれない。でも、今は言ってしまいたかった。須崎くんの事情も知らずに嘲《あざけ》るだけの言葉を、聞き流すことはできなかった。

「ありがとう。今の、すごい嬉《うれ》しかった」

ようやく、いつもの笑顔に戻《もど》った須崎くんが、1歩、2歩と近づいてくる。

「今の委員長、めちゃくちゃ頼《たの》もしいよ。その調子で、自分の言いたいこと、どんどん言えばいいんだよ。そうしたら、きっとなりたい自分になれるよ」

なりたい自分。その言葉を、噛《か》みしめる。

私が本当になりたいのは、掃除《そうじ》を押《お》しつけられる「おとなしくていい子」でも、先生にさえ頼《たよ》られる「マジメな優等生」でもない。成績がいいことや頭がいいことは、社会では役に立つかもしれないけれど、私が本当に憧《あこが》れているのは、そんな人間ではない。

「須崎くん。私ね……」

「うん」

「私、本当は――小説家に、なりたいんだ」

ノドに力を入れて、声を出す。今まで家族にも先生にも、誰にも話したことのなかった「夢《ゆめ》」を、私は初めて、言葉にした。

「本当は、勉強よりも、読書が好き。自分でも書いてみたい。ずっと、そう思ってるの。じつはノートにちょっと書いてみたりもして、家族に内緒《ないしょ》で新人賞を調べたりもして……。本気でなりたいと思ってるの。まだ、どうやったら小説家になれるのかは、わからないけど……。それでも、追いかけてみたいの。私の夢を」

須崎くんは最後まで真剣《しんけん》な表情で、黙《だま》って聞いてくれていた。しばらくして、その顔に、キラキラと輝《かがや》くような笑《え》みが宿《やど》った。

「最高の夢じゃん。きっと、なれるよ。言霊《ことだま》ってホントにあるから、夢はどんどん口に出したほうがいいんだよ！」

小説家なんてなれるわけない。それよりも安定した仕事を目指しなさい。そう言われるのが怖《こわ》くて、口に出さなかった夢。それを須崎くんは、笑顔で肯定《こうてい》してくれる。私は夢を追いかけてもいいんだと、胸《むね》が軽くなるくらいに。

「委員長は、小説家になる。俺は、親が敷《し》いた『医者になる』っていうレールを走るんじゃなくて、もっと自由な大人になる。俺たち2人とも、夢をかなえような。なりたい自分に向かって、まっすぐ走って行けばいいだけなんだからさ。きっと、心配してるより、ずっと簡単《かんたん》だよ」

どうしてだろう。須崎くんに言われると――須崎くんの笑顔《えがお》を見ていると、本当に、簡単なことかもしれないという気がしてくる。もちろん、私たちには自分の夢をかなえるための知識も力も足りていないのだろうけれど、それでも、今ならなんでもできてしまいそうだ。

「須崎くんのおかげだよ」

「え？」

「須崎くんのおかげで、私、変われた。だから、ありがとう」

須崎くんが、ぽかーんと両目と口を開けっぱなしにする。その表情が、妙《みょう》に心地《ここち》いい。これまでは、さんざん須崎くんに意表《いひょう》をつかれてきたから、そのお返しだ。

やがて、目と口をもとに戻《もど》した須崎くんが、ぽつりとつぶやいた。

「だったらさ。せっかく中身が変われたんだから、見た目も変わっちゃえば？」

「え？」

そう言った須崎くんが、また一歩、私のほうに近づいてきた。須崎くんの手がスッと持ち上がって、私の顔に伸《の》びてくる。思わず目を閉じた私の頰《ほほ》のすぐ横を、須崎くんの手がすり抜《ぬ》けていく気配がして――その直後に、うしろでひとつにまとめている髪《かみ》が軽く引っぱられた。

あ、と思ったときには、ほどけた髪が頰《ほほ》や首筋《くびすじ》をくすぐっていた。髪《かみ》を結《むす》んでいたゴムを、須崎くんに取られてしまったのだ。

ゴムを手にした須崎くんが「やっぱりね」と、私の目の前で楽しげにささやいた。

「思ってたんだけど――髪、下ろしたほうがかわいいよ。笠原さん」

「え……」

一瞬《いっしゅん》、須崎くんの言葉が理解できなくて固まって――理解できたあとも、やっぱり私は固まったままだった。違《ちが》うのは、鼓動《こどう》が少し前の倍近い速さで打っていることと、今まで感じたことがないくらいに顔が熱くなっていることだ。

須崎くんの声で、「委員長」ではなくて「笠原さん」と、初めて呼《よ》ばれた。本当は、ずっと前から、須崎くんにそう呼んでほしいと思っていたのかもしれない。もっとも、その本音を言葉にするのは、今の私にはまだ難しすぎることだけれど。

「笠原さん、大丈夫《だいじょうぶ》？　顔、真っ赤になってるけど」

「だ、大丈夫《だいじょうぶ》！　それよりゴム、返して！　私、髪《かみ》まとめておかないと落ち着かないの！」

「えー、まだダメ！　せっかくかわいい笠原さんが見れたんだから、もう少し見せてよ」

そう言った須崎くんがますます顔を近づけてきて、瞬間的《しゅんかんてき》にまた動悸《どうき》が激しくなる。名前を呼ばれるたび、近づくたびにこんなにドキドキしていたら、いつか体が壊《こわ》れてしまいそうだ。

須崎くんは「変人」ではないけれど、私にとってはある意味、「大変な人」になるかもしれない。

恋の答え

実結《みゆ》が有森永人《ありもりえいと》に出会ったのは、この病院に入院した日の夜だった。人生で初めての手術を数日後に控《ひか》えた実結は、不安と緊張《きんちょう》で眠《ねむ》れず、深夜の院内を散歩していた。そのとき、談話《だんわ》スペースの窓辺《まどべ》に座って夜空を眺《なが》めていた永人と出会ったのだ。

「なんか、眠《ねむ》れなくてさ」と言って、静かに笑った永人の横顔が、淡《あわ》い月夜に光って見えた。頬《ほお》は青白く、入院生活で伸《の》びたであろう前髪が瞳《ひとみ》にかかった横顔にはどこか神秘的《しんぴてき》な雰囲気がある。きれいな男の子だなと実結は思った。こんなに整った顔立ちの男子は、少なくとも、実結の通う高校にはいなかった。

しかし、言葉を交わすようになって、すぐに永人のイメージは変わった。

「実結ちゃーん。おはよー。いい夢、見れた？」

「実結ちゃんも、ココア飲む？　お礼はキスでいいよ」

「そのＴシャツ、かわいいね！　おそろいの買いたいな」

永人は、神秘的《しんぴてき》な雰囲気《ふんいき》とは裏腹《うらはら》に、チョイスする言葉が軽いような、やたらと距離《きょり》が近いような——つまりは、チャラかったのである。

整った顔がぐいぐいと迫《せま》ってきて軽い言葉を並べ立てるものだから、そういうタイプの男子に免疫《めんえき》のない実結は、永人と顔を合わせるたびに強張《こわば》ってしまう。人生初の入院と手術でナーバスになっていた実結にとって、ズケズケと懐《ふところ》に入りこんでくるような永人は、「どう扱《あつか》ったらいいのかわからない人」だった。

前十字靭帯損傷《ぜんじゅうじじんたいそんしょう》。それが、実結に下された診断だった。実結は高校で、バスケットボール部に所属している。ある日の他校との試合中、相手チームの選手と競《せ》り合《あ》いながらジャンプシュートを放った直後、ムリな体勢からのシュートだったこともあって、着地時にヘンな足の着き方をしたらしい。右ひざから「ブチッ」というか「ポキッ」というか、聞いたことのない音がして、そのあと激痛《げきつう》で動けなくなった。

医師からは、スポーツを続けるなら、手術をしたほうがいいと言われた。実結はバスケを続けたかったし、両親も、「治しておいたら、これから可能性が広がるよ」と、手術に賛成した。

手術は無事に成功した。しかし、すぐに退院、部活に復帰できるわけではなかった。手術が終わった今も実結が入院しているのは、リハビリのためである。早ければ1週間で退院できると言われたが、退院後も通院は必要で、半年から1年は激しい運動はできないとも言われた。

正直、なんのための手術だったんだと思った。

だって、1年なんて待ってたら、部活を引退する時期が来てしまう。部活に復帰できずに高校生活が終わってしまうなんて、不完全燃焼《ふかんぜんねんしょう》もいいところだ。

だから、手術が成功したあとも、実結の気持ちは少しも晴れなかった。ひざを固定しているサポーターと、使い慣れない松葉杖《まつばづえ》が忌々《いまいま》しい。思いどおりに動かない足が腹立たしい。「すぐによくなるから」と笑う両親も、「順調そうだね」とうなずく医師にも、無性《むしょう》にイライラした。

「よくなる」って、いつ？　こんな状態のどこが「順調」なの？

ねぇ、教えてよ。なんでわたしが、こんな目に遭《あ》わないといけないの？　みんなは楽しい高校生活を送ってるのに。わたしがこうしてる間にだって、みんなはバスケで汗を流して、どんどんうまくなっていくのに。わたしだけが、止まった時間の中に取り残されていく。いや、時間をスキップさせられている感覚のほうが近いかもしれない。

心の中に不満が溜《た》まっていく。

しかし、そんな実結にも、永人はあっけらかんと近づいてきた。同い年で、病室が近かったから、永人としても話しかけやすかったのかもしれない。でも、どうしても、からかわれている気がしてしまう。

月夜に初めて永人の顔を見かけたあの瞬間《しゅんかん》、静かに胸《むね》が高鳴《たかな》った。誰の目から見ても、カッコいい顔に違《ちが》いない。でも、その「イケメン」が、人なつっこくグイグイ近づいてくると、頭の中が混乱して体が強張《こわば》ってしまう。永人は、心の準備をさせてくれないのだ。

——そういえば、なんで入院してるんだろう……。元気そうに見えるけど。

永人の無邪気《むじゃき》な笑顔と、歯の浮《う》くようなセリフの数々を思い出した実結は、自分の気持ちを隠《かく》すように、布団《ふとん》を頭の上まで引き上げた。

それからも、実結のリハビリは毎日続いた。手術の翌日には見舞《みま》いに来てくれた友人たちも、もう訪《おとず》れてはくれない。リハビリは孤独《こどく》なもので、以前のようにスムーズに動かない足に募《つの》るイラ立ちにも、ひとりで耐《た》えるしかなかった。しかし、どれだけ耐えて真剣に取り組んだとしても、実結は部活には戻《もど》れない。高校のうちに仲間たちとプレーすることはできないということに、もう目をそらすことはできなかった。そして、その事実を直視すると、動かないひざから崩《くず》れ落《お》ちそうになる。

その日、リハビリを終えた実結は、病室に戻る気になれず、なんとなく談話スペースでぼんやりと自《じ》販《はん》機《き》のココアを飲んでいた。時刻は17時を少し過ぎたあたり。学校では、部活動の時間である。実結がいなくなってもバスケ部は、今までどおり活動しているに違《ちが》いない。

「わたしって、なんのために頑《がん》張《ば》ってきたんだろ……」

ココア色のため息をついて、実結がテーブルに突《つ》っ伏《ぷ》しそうになったときだった。

「あっ、実結ちゃん。今日のリハビリ、終わったのー？」

能《のう》天《てん》気《き》な声に、ぴくっと耳が震《ふる》える。サンダルをパタパタ鳴らしながらやって来た永人は、テーブルを挟《はさ》んで実結となかめ向かい合わせになる位置に、断りもなく座《すわ》った。ぱっと向けられた人なつっこい笑顔には、やっぱりドギマギしてしまう。しかし、実結のそんな動《どう》揺《よう》など意に介《かい》した様子もなく、頬《ほお》杖《づえ》をついて身を乗り出した永人は上目づかいで話しかけてきた。

「リハビリ、順調？　ひざは、もう痛《いた》くない？」

「う、うん……。まぁまぁ、かな……」

「そっか、よかった！　もうちょっとがんばれば、退院だ。また学校に戻れるね」

それがとても喜ばしいことであるかのように、永人が言う。でも、その軽快な口調は、実結の心をチクリと刺《さ》した。

「学校に戻《もど》っても、わたしには何もできない……」

「え？」

「この足じゃ、バスケできないんだって。少なくても半年、もしかしたら1年くらいは、復帰できないって言われた」

医者に言われた言葉を淡々《たんたん》と繰《く》り返《かえ》しながら、実結はサポーターの上から、ひざを押《お》さえた。

そうしないと、壊《こわ》れたひざから、鬱憤《うっぷん》があふれてくるような気がした。

「わたしには、バスケしかなかったの。将来、バスケ選手になりたいって考えてたわけじゃないけど……将来なりたいものとか、まだわかってないけど……でも、だから、今は思いっきりバスケをやりたかった。2年になって、レギュラーになれて、これからだっていうときに、こんなケガして……。復帰できるころには引退だなんて、ひどいよ……」

なんで、わたしが？　ほかに趣味もなくて、バスケが一番の楽しみだったのに。どうしてそれを奪《うば》われなきゃいけないの？　どうして、こんな気持ちにならなくちゃいけないの？

「そっか、ツラいね。でも、1年待てば、また走れるんでしょ？　じゃあ、いいじゃん」

永人のわかったふうな言葉が、実結の心をますます逆立《さかだ》てる。

「簡単に言わないで。永人くんには、わからないよ……」

「じゃあさ、気分転換《きぶんてんかん》になることしようよ！　俺の病室にこない？　トランプとか、ゲームもあるし……。あっ、バスケのマンガもあるよ！　実結ちゃんに似《に》たカワイイ女の子が大活躍《だいかつやく》するんだけど――」

「やめてよっ！」

永人の言葉をさえぎるように声を上げて、実結はガタンッと席を立った。大きくみはった瞳《ひとみ》に驚きの色を宿して、永人が実結の顔を見上げてくる。どこかキョトンとした表情に、実結のイラ立ちはますます膨《ふく》れ上《あ》がる。もう限界だった。

「いいよね、永人くんは。ぜんぜん元気そうに見えるし、学校でも人気者なんでしょ!?　わたしがどれだけ不安でツラくて悲しいのか、お気楽な永人くんには絶対にわからない！　他人事《ひとごと》だと思ってヘラヘラ笑って、無責任なこと言わないで！　無神経だよ……」

一息にそう言い放った実結は、松葉杖《まつばづえ》を乱暴《らんぼう》にひっつかんで歩き始めた。もし、追いかけてこられたら、逃《に》げる術《すべ》はないが、永人は追ってはこなかった。今は、あの無邪気《むじゃき》な笑顔を見ていられない。そのことにほっとしながらも、なぜかイライラもした。

自分の病室に戻った実結は、ベッドのまわりを囲うカーテンを閉ざして、ベッドにもぐりこんだ。談話スペースのテーブルに飲みかけのココアの缶《かん》を放置してきてしまったことに気づいたが、まだ永人がいるかもしれないと思うと、とても戻《もど》る気にはなれなかった。


翌日。リハビリの時間が迫《せま》るなかで、実結はようやく体を起こした。まったく気分がのらないが、行かなければ両親が心配する。べつに、必死にリハビリしたところで、明日からバスケができるようになるわけではないのだから、本当はサボってしまいたい。でも、両親に悲しい顔をさせることには気がとがめて、結局こうして松葉杖《まつばづえ》をつきながら、リハビリテーションルームに向かっている。

その途中、ナースステーションの前を通ったときだった。

ナースステーションから飛び出してきた看護師が、医者とともに、実結の来たほうへ廊下《ろうか》を駆《か》けて行くのとすれ違《ちが》った。振《ふ》り向《む》いて見ると、8ー2号室に入ってゆく。

実結の病室は8ー0号室で、8ー2号室は廊下を挟《はさ》んだはす向かいの病室。そして、そこには永人が入院している。

無邪気《むじゃき》で能天気な笑顔が、頭の片隅《かたすみ》に咲いた。青白い頬《ほお》と、伸《の》びたままの前髪。そして、自分を見上げて驚《おどろ》いたように見開かれた瞳《ひとみ》を思い出したとたん、永人の笑顔が、ぱっと散る。胸《むね》の奥《おく》がかすかにざわめいたとき、ナースステーションから看護師の女性が顔を出した。

「あら、倉田《くらた》さん。そろそろリハビリの時間じゃないの？　遅れますよ」

「あ、はい……」

看護師にうながされるがまま、実結はリハビリテーションルームに足を向けた。8ー2号室のある背後《はいご》が気になったが、実結は振《ふ》り返《かえ》らなかった。

リハビリを終えて、病室に戻ろうと廊下《ろうか》を歩いていた実結は、8ー2号室の前でふと足を止めた。先ほどのことが気にはなるが、永人とは昨日、談話スペースであんなことがあったばかりなので、少し顔を合わせづらい。思い返せば、あれは実結が一方的に永人に八《や》つ当《あ》たりしたようなものだ。昨日のことは、実結が謝《あやま》るべきだろう。

どうしよう……ノックしてみようか。いや、今じゃないほうがいいだろうか。

そんなふうに8－2号室の前で躊躇《ちゅうちょ》していると、実結がノックするより先に、目の前の扉《とびら》が開いた。「きゃっ」と小さな声を上げたのは、病室から出てきた人物だ。永人ではなく、40代くらいの女性だった。

「えっと、どなた?」

「あ、わたしは――」

女性になんと答えるべきか考えるより先に、実結は息をのんだ。女性の肩越《かたご》しに、病室内が見えたからだ。

「永人くん……!」

永人は、病室内のベッドに横たわっていた。枕《まくら》もとの機械につながれた酸素《さんそ》マスクをつけ、深く、目を閉じている。もとから青白かった頬《ほお》はますます白い。そして、そこに、不吉な影《かげ》が張りついているように見えた。

「もしかして、永人のお友だち？」

その声に、ハッと我《われ》に返る。少しふっくらとした女性が、ほのかな笑みを実結に向けていた。

その目が、少し赤くなっている。不穏《ふおん》な胸騒《むなさわ》ぎをごまかすように、実結は口を開けた。

「あ、あの……わたし、倉田《くらた》実結といいます。向かいの病室に入院していて、永人くんと知り合って……わたしたち、同い年で……」

しどろもどろになる実結を前に、中年の女性は「あぁ」と、どこか納得した様子で笑みを深めた。笑った目もとが永人によく似《に》ている。その目で、女性はちらりと病室を振《ふ》り返《かえ》ってから、ふたたび実結に向き直ると、「少しお時間ある？」と言って首をかしげた。

「永人、まだ眠《ねむ》ってるから、あっちの談話室で少しお話ししない？」

その言葉に、実結は小さくうなずいた。

談話スペースのテーブルに向かい合わせで座《すわ》ったところで、女性は「永人の母です」と頭を下げた。丁寧《ていねい》なお辞儀《じぎ》にあわててお辞儀を返した実結に、永人の母はいたずらっぽく笑いかけながら、「実結ちゃんって呼んでもいい？」と尋《たず》ねてきた。

「あ、はい……」

「ふふっ、嬉《うれ》しい。うち、女の子がいないから、なんだか新鮮」

そう言って笑う彼女の目もとは、やはり永人の目もとと同じだ。

「実結ちゃんのこと、永人から一度だけ聞いたことがあるの。『友だちができた。同い年の女の子が入院してるんだ』って」

友だち。永人が自分のことをそんなふうに話していたなんて、胸《むね》の奥《おく》がむずがゆくなる。

なんとも言えない表情で黙《だま》っている実結を、永人の母は微笑《ほほえ》ましそうに見つめて話を続けた。

「最近、あの子、よく笑うようになったの。前は、治療がつらそうだったんだけど、きっと実結ちゃんが友だちになってくれたからね。ありがとう」

治療。今度はその一言が耳の奥《おく》に重たく残る。看護師が永人の病室に向かっていたときのことが、また思い出されてしまう。

「あの、永人くんの病気……」

しかし、その質問を実結は途中でのみこんだ。いくら永人が「友だち」と言ってくれていても、本人の知らないところで本人の病状を聞くのは失礼な気がした。

しかし、実結のためらいを読んだかのように、永人の母は「そうね」とつぶやいた。

「あの子が『友だち』って言うくらいだから、きっと、話してもいいわね。時間も、あまりないみたいだし……」

「え？　時間って……」

実結の無意識のつぶやきに、永人の母がふっと笑う。どこかあきらめたような微笑《ほほえ》みに、実結の心がざわめく。

「あの子ね……もう、長くないの。脳《のう》に腫瘍《しゅよう》があってね。見つかったのは、中学校のとき。難しい場所にあって、手術はできないってお医者様に言われたの。放射線治療もできなくて……だから、『覚悟《かくご》してください』って……」

そんな……というつぶやきが、実結のノドに詰《つ》まる。実結は、永人の母の顔を見ることができなかった。

「このところ、調子がよさそうだったんだけど……。最近になって、また症状《しょうじょう》が進行してきたみたいでね。さっき、具合が悪いって病院から連絡もらって……。あの子、まだまだやりたいこともあるのに……っ」

そこで、声は途切《とぎ》れた。顔を上げられないまま、実結は、目の前に座っている永人の母が、肩《かた》を小刻《こきざ》みに震《ふる》わせている気配だけを感じていた。

永人の命が長くない。その言葉は、実結の頭を大きく揺《ゆ》さぶった。あんなに無邪気《むじゃき》に笑っていた永人が？　チャラチャラとお気楽そうに振《ふ》る舞《ま》っていた永人が？　永人の青白く滑《なめ》らかな頬《ほお》は、すでに、死の色に蝕《むしば》まれていたということなのか。

そんな不吉な考えが実結の頭をよぎったとき、永人の母が「実結ちゃん」と呼んだ。

「よかったら、永人に会ってやってくれない？　まだ眠ってるかもしれないけど、実結ちゃんの声は届《とど》くかもしれないから」

目を覚まさない可能性もあるということだろうか。永人は、たしかにまだ、そこにいるのに。

「はい。会います。……会いたいです」

実結のはっきりとした声に、永人の母は、ようやく嬉《うれ》しそうな笑顔を見せ、言った。

「わたしは先生と話があるから、先に病室に行ってもらってもいい？」

実結はひとり、永人の病室に向かった。8－2号室の扉《とびら》の前で立ち止まり、ひとつ深呼吸をしてノックする。返事はない。もうひとつ息を吐《は》いてから、実結は、そっと扉《とびら》に手をかけた。

中に入ると、ベッドには変わらず永人が深く目を閉じて眠《ねむ》っていた。そっと近づくと、酸素《さんそ》マスクが呼気《こき》でときおり白くくもっているのが見える。

「永人くん……?」

もう一歩、永人のそばに歩《あゆ》みを進めて、実結はその青白い顔をのぞきこんだ。

信じられない。あんなに元気そうだったのに。「どこが悪いんだろう?」と思うほどだったのに。それが今では、どう見ても病人だ。それも、余命《よめい》いくばくもない重病人。

そんな人に、いったい、自分は何を言ったのか。


——いいよね、永人くんは。ぜんぜん元気そうに見えるし、学校でも人気者なんでしょ!? わたしがどれだけ不安でツラくて悲しいのか、お気楽な永人くんには絶対にわからない! 他人事だと思ってヘラヘラ笑って、無責任なこと言わないで! 無神経だよ……。

無神経なのは自分のほうだ。永人がツラくなかったはずがない。自分の命がもう長くないと知って、絶望しなかったわけがない。

――ツラいね。でも、1年待てば、また走れるんでしょ？　じゃあ、いいじゃん。

あのとき、どんな気持ちで、永人はその言葉を口にしたのか。自分には、その1年の時間もないとわかっていながら、いったい、どんな思いで――

ぽつっと、実結の目からこぼれ落ちたものが、腹に重ねられていた永人の手の甲《こう》で弾《はじ》けた。

「ごめん……。ごめんなさい……っ」

気づけば、眠る永人の手に、実結は自分の手を重ねていた。男の子なのに、驚《おどろ》くほど華奢《きゃしゃ》な手だ。その手を包みこむように握《にぎ》りしめる。今度は自分の手の甲に、ぽつぽつと立て続けに雫《しずく》が落ちた。

「永人くん、聞こえる？　わたし、永人くんに、ひどいこと言った……。永人くんが大変なこと、ぜんぜん気づかなくて……。ごめんね、永人くん……ごめんね……！」

ギュウッと、両手で永人の手を握《にぎ》りしめる。実結は嗚咽《おえつ》まじりの言葉を続ける。

「お願い、目を覚まして……。もう1回、笑ってよ……！」

笑ってよ……と、自分の声を追いかけるように、弱々しい声が聞こえてきた。ハッと実結が顔を上げると、うっすら目を開けた永人と視線が合う。

「永人くん……！」

「実結ちゃんこそ、笑っててよ……。そのほうが、似合《にあ》うから……」

ようやく目を覚ましたと思ったら、開口一番がそれか。でも、それが嬉《うれ》しい。もう一度、永人と言葉を交わすことができた。笑顔を見ることができた。今は、それでいい。

実結の顔を見て、ふっと、永人が酸素《さんそ》マスクの向こうで笑った。

「どうしたの？　実結ちゃんらしくないじゃん……」

「ごめん……。わたし昨日、永人くんにひどいこと言った！　永人くんの病気のこと、何も知らないで……。本当に、ごめんなさい。わたしなんかより、永人くんのほうが大変なのに……」

頭を下げた実結に、永人が少しだけ大きく開いた目を向ける。なんでそのこと……と、その瞳《ひとみ》が言っていた。

「ごめんね。永人くんのお母さんに、聞いたの」

そっか……と、永人の唇《くちびる》の動きに合わせて、酸素《さんそ》マスクの内側がくもる。やがて、観念《かんねん》したように、その口もとがほころんだ。

「わざわざ話すことでもない、と思ってたんだ。ヘンな気をつかわせたくなかったし……。でもまさか、そんなふうに泣かれるなんて、思わなかったな……。もしかして、俺のこと好きになっちゃった？」

顔色の悪いまま、永人が笑う。今までと同じ、軽口だ。わかっているのに、実結は、笑い飛ばすことができなかった。また涙《なみだ》がこぼれそうになって、ぐっと唇《くちびる》を噛《か》みしめる。横になっている永人からは、立っている実結の、その表情がよく見えたはずだ。予想外の反応に面食《めんく》らっていることが、まばたきの回数が増えた瞳《ひとみ》から伝わってくる。

ギュウッと苦しくなった胸もとを、実結は握《にぎ》りしめた。以前、永人が「かわいいね」と言ってくれたTシャツだ。

その言葉も、そのときの笑顔も、それ以外の言葉だって、ぜんぶ、ぜんぶ憶《おぼ》えている。この胸の苦しみの正体が、永人にひどいことを言ったという罪悪感《ざいあくかん》だけではないことにも、もう気づいている。今さら気づくなんていうのも皮肉だが、気づけないまま終わるよりはいい。

でも、胸を締《し》めつけるこの感情の正体は、永人には告げないほうがいい。重い病をどうすることもできず、「一年後」という未来をただだうらやましそうに口にする永人に――「好きです」なんて言ったところで、困《こま》らせるだけだから。

だから、伝えるなら、違《ちが》う言葉であるべきなのだ。

「わたし、なりたいもの、見つけた」

「え……？」

「高校でバスケができない分、わたし、これからめちゃくちゃ勉強する。めちゃくちゃ勉強して、医者になる。それで、永人くんの病気を治すから！」

そう告げたとたん、永人がこぼれ落ちそうなくらい目をみはった。初めて見る、永人の驚《おどろ》いた顔に、してやったりという気持ちが湧《わ》いてくる。

涙《なみだ》に目を赤らめたまま、それでも実結は唇《くちびる》を不格好《ぶっかっこう》な三日月《みかづき》の形にして笑《わら》った。それにつられたように、永人は両目を三日月の形にして笑う。

「俺、時間がないの、わかってたから……勉強も、友だちをつくるのも、ぜんぶ、中途半端《ちゅうとはんぱ》でさ……。青春まっただなかの高校生なのに、病気のせいで恋愛もできないのかよって思ってたけど……もし、恋愛するなら――その相手は、実結ちゃんみたいな女の子がよかったな」

その言葉に、こらえた涙がまたあふれそうになる。あわてて目もとを押《お》さえようとしたら、持ち上げかけた手を永人につかまれた。ひんやりとする永人の手に驚《おどろ》いたけれど、もうひるまない。

「わたし、がんばるから……。だから、永人くんも、あきらめないで。わたしの勝手な思いかもしれないけど……っ！　でも、わたしまだ、永人くんのこと、ちょっとしか知らないから」

「……うん。俺も、欲が出てきちゃった。実結ちゃんのこと、もうしばらく、見ていたい」

頬《ほお》に向かってゆっくり伸《の》びてきた白い手を、実結は両手でつかんだ。つかんで、自分の体温が永人の手に移るまで、強く強く、握《にぎ》りしめていた。

＊

永人が息を引き取ったのは、それから2日後のことだった。それはくしくも、実結が退院する数時間前だった。

実結が永人の死を知ったのは、永人の母が直接病室を訪《たず》ねて知らせてくれたからである。あまりにも現実味のない知らせに、声も出せない実結に、永人の母は初めて会ったときにも増して真っ赤な目を向けてきた。

「これ、あの子が、実結ちゃんに渡《わた》してほしいって……」

震《ふる》える声と震える指で差し出されたそれは、シンプルな白い封筒《ふうとう》だった。封は開いたままになっている。感覚のない指先を封筒に差し入れて、実結は折《お》りたたまれた便せんを開いた。

——ごめんね。俺のこと、もっと知ってもらうはずだったのに、できなくなっちゃった。

実結ちゃんに会えて、短い時間だったけど、すごく楽しかったよ。ありがとう。

いつまでも元気でいてね。実結ちゃんの夢、空から応援してるから。

最後に、実結ちゃんと、一生に一度の恋がしてみたかった。

有森永人

震《ふる》える文字が並ぶ便せんに、ぽつっと、大粒の涙《なみだ》がこぼれた。あわてて、手紙を胸もとに抱《だ》き寄《よ》せる。涙でにじませてしまうには、あまりにも、もったいなさすぎる。この手紙には、永人の息づかいが残っている。きっと、体がつらかったに違《ちが》いないのに、それでも永人は力の入らない手で、懸命《けんめい》に想いをつづってくれたのだ。最後に、自分のことを思《おも》い浮《う》かべてくれたのだ。

永人からの最期《さいご》の言葉を胸に抱きしめたまま、ボロボロと、こぼれ落ちるに任《まか》せて涙《なみだ》する。こんなことになるのなら、あのとき、「好きです」と言うべきだったんだろうか。そうしていれば、たった1日でも、自分たちは「一生に一度の」恋人同士になれたのだろうか。

手紙に答えは書かれていない。もちろん、実結にもわからない。だけど、自分の恋の答えなんて、自分で見つけるしかないのだ。

実結の恋は——永人の恋は——ある瞬間《しゅんかん》に、間違いなく実っていた。そのことを信じて忘れなければ、これは「一生に一度の恋」になるはずだ。それが答えだ。

「ねぇ、永人くん。これからも、ずっと好きでいていいかな……？」

弾《はじ》けるような笑顔が、応《こた》えてくれたような気がした。

恋に届《とど》くまで背伸《せの》びして

「――え？　今、なんて……」

聞き間違いだろうか。本気でそう思って、小川夏津《おがわなつ》は目の前の相手に聞き返した。

すると、目の前でギュッと引き結ばれていた唇《くちびる》が、再度、意を決したように開いた。

「小川夏津さん。俺と、デートしてくださいっ！」

先ほどよりも張りのある声でそう言った相手が、夏津に向かって頭を下げる。

夏津の胸《むね》は一瞬《いっしゅん》で、その中心を射抜《いぬ》かれた。

デートの誘《さそ》いを「告白」ととらえるのは早計《そうけい》ではないだろう、頭の中が先日の誘《さそ》い文句でいっぱいになってしまうくらいに、夏津は女の子だった。あんなふうに男子から面と向かってデートに誘われるなんて、もうすぐ17年になる人生で初めての経験だ。

そのデートが明日に迫《せま》った金曜日の夜、夏津はクローゼットの前で頭を抱《かか》えていた。

「明日、なに着て行こう……！」

夏津をデートに誘ってくれたのは、１年先輩である３年生の市原賢斗《いちはらけんと》だった。夏津にとって賢斗は弓道部《きゅうどうぶ》の先輩で、ひそかに、１年のころから憧《あこが》れていた人だった。ただ、それが恋なのかどうかは夏津自身にもわからないくらいの淡《あわ》い想いで、少なくとも自分から告白しようという考えは、まだなかった。

そんなところに、あの言葉だ。浮《う》かれるなというのは、とうてい無理な話である。

「やっぱり、スカートがいいのかな……。あーもう、難しい！」

ふだんは制服で、学校から帰ったらすぐ部屋着に着替《きが》えてしまうので、こういうときにどういう格好《かっこう》をすればいいのかが、とっさに思《おも》い浮《う》かばない。女友だちと遊ぶときも、夏津はパンツスタイルばかりだ。

１７０センチという、女子にしては高い身長。加えて、子どものころから活発で、運動も好きだった夏津は、これまで髪《かみ》を伸《の》ばしたことがない。「夏津ちゃんってカッコイイよね」と同性から言われることもあった。そのせいとは言わないが、気づけば夏津は自ら「カッコイイ」

路線を走っていた。

「でも、デートでその方向性は、どうなんだろう……？」

ためしに、夏津はスマホでネットを開くと、検索窓《けんさくまど》に「デート　女子　服装」と打ちこんだ。

——初デートには、ワンピースがベスト！

——「パンツスタイルでボーイッシュ」よりも、「フレアスカートでフェミニン」に。

——カラーは〈白〉か〈淡《あわ》いパステル系〉をチョイス！

——１枚で決まるキャミワンピース、女性らしさを演出できるプリーツスカートは鉄板《てっぱん》。

——キメすぎはＮＧ！　キレイめな中にもラフさを取り入れて。

膨大《ぼうだい》な情報量に危《あや》うく脳《のう》がパンクしかけて、夏津はスマホを放り出した。しかし、どうやらパンツスタイルよりはスカートのほうがよさそうだという結論には達する。

「スカートで、デート……」

無意識に口からこぼれたつぶやきは、とある記憶を呼び起こし、夏津の胸をキュッと絞《し》めつけた。

じつをいうと、男子と2人で出かけること自体は、これが初めてのことではない。

初めてのデートは、中3のとき。くしくも、今と同じ春休み明けのことだった。そのときは、「今、一番気になっている映画」が、たまたまクラスメイトの男子と一致して、「だったら今度、一緒に観に行こうよ」という話になった。そして、夏津は、その男子に淡《あわ》い想いを寄《よ》せていた。

気になる男子と、2人で映画。夏津は、考えられる限りのオシャレをした。グレーのフレアスカートに白いブラウスを合わせて、少し背伸《せの》びしてヒールのあるかわいい靴《くつ》を履《は》いていった。

ただ、最後に選んだそのアイテムがよくなかった。

映画を観《み》終わったあと、お茶でも飲みながら感想を話せたら、と夏津は思っていたのだが、映画館から出た男子は、どこかムスッとしていた。映画がつまらなかったのだろうかと夏津が思った直後、男子の口から出た言葉は夏津にとって完全なる不意打ちだった。

「ねぇ、なんでそんなカッコしてきたの？　もともと俺と同じくらいの身長なのに、なんでわざわざ、そんなかかとのある靴《くつ》、履《は》いてくるんだよ。俺の背が低く見えるじゃん？」

当時、夏津の身長は、すでに167センチに達していた。そこに5センチのヒールを合わせたために、相手の男子の身長を軽く追《お》い抜《ぬ》いてしまったのだ。

どうやら自分は、彼のプライドを傷《きず》つけてしまったらしい。そう察《さっ》したときにはもう手遅《ておく》れで、なんだか気まずい雰囲気になり、結局、映画を観たあとはどこにも寄《よ》らず、映画館の前で解散となった。そのあとは、映画の感想を話すことも、また2人で出かけることも、一度もなかった。

あの出来事は、夏津にとって軽いトラウマになっている。成長途中にある中学生男子が自分の身長のことであんなにナーバスになるなんて、夏津は思いもよらなかった。夏津はただ、少しでも彼にかわいいと思ってもらいたくてオシャレをしただけだったのだが、もとから背の高い自分には、似合《にあ》っていなかったのかもしれない。

「同じことを、繰《く》り返《かえ》したくないな……」

市原賢斗に対するこの淡《あわ》い気持ちが恋なのかどうか、それがまだわからない今は、なるべく嫌《きら》われるようなことをしたくない。

「……よし」

頭の中で明日のコーディネートを組み立てて、夏津はクローゼットとシューズボックスをあさった。

翌日、待ち合わせ場所に先に来ていた市原賢斗の姿《すがた》を見つけて、夏津はドキッとした。初めて見る賢斗の私服は、黒のスキニーデニムにグレーのニットを合わせたシンプルなもので、首元からのぞく白い襟《えり》にも、清潔感《せいけつかん》がただよっている。

あの隣《となり》に並《なら》ぶのは、ヘンじゃないかな……。そんなことを思って足の運びに迷《まよ》っていると、賢斗のほうが夏津に気づいて、笑顔で手を振《ふ》ってきた。さわやかオーラがまぶしくて、思わず目を細めてしまう。

「お、お待たせしました……！　早いですね、先輩」

「ううん。さっき着いたばっかりだよ。じゃあ……とりあえず、行こっか」

「は、はい」

先に歩き始めた賢斗の隣《となり》に、夏津はそっと並《なら》んだ。ただ、2人の間には1人分の空間が挟《はさ》まったままだ。これ以上近づいたら、きっと、腕《うで》がやけどをしてしまう。賢斗の顔を見ることもできず、ただただ夏津は自分の足もとを見ながら歩いた。

履《は》いてきたのはヒールのない、ぺたんこのパンプスだ。服は、たった1着だけ持っていたワンピースにした。淡《あわ》い色味の花柄ワンピなので、ネットの情報を信じるなら「鉄板のデート服」

ということになる――はずだ。

少なくとも、靴《くつ》のチョイスは間違《まちが》っていなかったと夏津は一安心した。部活中は弓道場に白足袋《しろたび》1枚で立つため、個人の身長がわかりやすい。たしか賢斗の身長は自分より数センチ高いくらいだったはず、という夏津の見立ては間違《まちが》っておらず、スニーカーを履《は》いた賢斗とパンプスを履いた夏津の身長差は、やはり5センチもないくらいだった。ヒールのある靴《くつ》を履《は》いて来ていたら、並《なら》ぶか追い抜くかしていたところである。

ヒールはないが、飾《かざ》りリボンのついたピンクベージュのパンプスは、夏津のお気に入りだった。いつから履《は》いているのかも、とっさには思い出せないくらいで、女友だちと遊ぶときや家族と出かけるときにもよく履《は》いている。

本当は、このワンピースならヒールのある靴《くつ》も似合《にあ》うと思うのだが、それはまた、別の機会に楽しもう。そんなことを考えながら歩いているうちに、目的地の水族館に着いた。

「俺、水族館なんて久しぶりだなぁ。楽しみ」

「はいっ」

緊張《きんちょう》で、声が裏返《うらがえ》る寸前《すんぜん》まで高くなる。それに恥《は》ずかしさを感じながらも、賢斗の隣《となり》で浮《う》かれる気持ちが、じつは少し楽しかった。

水族館を見て回ったあと、賢斗の提案で、近くの店でショッピングすることになった。水族館を出たら解散、と言われないか少しの不安を感じていた夏津は、賢斗の提案に胸《むね》を弾《はず》ませながら、ショップの並《なら》ぶ通りを歩いた。

目的があるわけでもなく、ただブラブラと2人で歩くだけの時間が心地《ここち》いい。待ち合わせしたときより、緊張《きんちょう》もずいぶんほぐれた。せっかく憧《あこが》れの先輩とデートができたのだから、記念というわけではないにしても、何か買って帰ってもいいかもしれない。

「あ」

そんなとき、ショップのウィンドーに夏津はそれを見つけた。

「きれいな色……」

それは、シューズショップのショーウィンドーに飾《かざ》られた、ハイヒールだった。ブルーとグリーンを混《ま》ぜたような色合いが独特で、足首にストラップを巻《ま》いてとめるデザインになっている。これからの季節にぴったりなハイヒールだ。履《は》けば、きっと背筋が伸《の》びて、きれいな立《た》ち姿《すがた》になるに違《ちが》いない。

しかし、真横にすっと気配が近づいてきて、夏津はハッと我《われ》に返《かえ》った。

「こういうのが好きなの？」

「あっ、いえ……！」

思わず否定《ひてい》の声が出たのは、夏津の見ていたそのハイヒールが、高さ5センチ以上はありそうなものだったからだ。夏津がこれを履《は》けば、賢斗の身長を追い抜いてしまう。中学時代の苦い体験が、とっさに、夏津の口から否定の言葉を押し出していたのだ。

「あたしには、こんな大人っぽいの似合《にあ》わないです！　ただ、珍《めずら》しい色だなって思って！」

「ふぅん……そう」

賢斗の、納得したのかしていないのか分からない相づちに、夏津はあわてて言った。

「あっちも見てみましょう！」

それ以上、賢斗に怪訝《けげん》な顔をされる前に、適当な方角を指さして歩き出す。賢斗がすぐに追いついてきて、「じゃあ、どこかでお茶でも飲もうか」と言ってくれたことに、夏津は心底《しんそこ》ほっとした。

その後、近くのカフェでお茶をしながら、水族館で見たラッコがかわいかったとか、あの見たことのない魚はなんだったんだろうねとか、他愛《たあい》のない話をしている間に、時刻はすっかり夕暮《ゆうぐ》れ時になっていた。

「ゆっくりしちゃったね。そろそろ、帰ろっか」

「あ、はい……」

楽しい時間に後《うし》ろ髪《がみ》を引かれながら席を立ち、賢斗に続いてレジに向かう。「付き合ってくれたお礼」と言って、夏津の飲んだアイスティー代も出そうとする賢斗に、夏津はなんとか辞《じ》退《たい》しようとしたが、結局、押し切られてしまった。「先輩風に吹《ふ》かれててよ」と言われては、さすがに嫌《いや》だとは言えない。

「すみません、ごちそうさまでした！」

「いえいえ。これくらい、させてください」

なぜか敬語になった賢斗が、にこりと笑って歩き出す。

——もしかして、先輩も照れてるのかな……？

そう思って、うしろからよく見れば、心なしか賢斗の耳が赤くなっているような気がした。

先輩なのに、なんて言ったら失礼かもしれないが、赤い耳が少しだけおかしくて、クスッと吐《と》息《いき》のこぼれた唇《くちびる》を夏津は手で押さえた。

カフェを出たあとは、駅のあるほうへ向かう。電車に乗ったら、30分足らずで最寄《もよ》りの駅に着いてしまう。そうなったら、賢斗とはお別れだ。また月曜日に学校で会うとはいっても、今日のデートは終わってしまう。

——あたし、市原先輩と、どうなるんだろう……。

夏津がそんなことを考えた矢先、がくんっとバランスが崩《くず》れた。夏津の口から「ひゃっ！」と変な声が飛び出し、それに賢斗が振《ふ》り返《かえ》る。

「どうしたの？」

「うそ……」

足もとを見下ろした夏津は、呆然《ぼうぜん》とつぶやいた。

お気に入りのパンプスの右足が、見事に壊《こわ》れていた。爪先《つまさき》のほうから土踏《つちふ》まずのあたりにかけて、靴底《くつぞこ》がめくれ上がっている。

「これはまた、見事にいっちゃったね……」

夏津のもとまで戻《もど》ってきた賢斗が、夏津のパンプスをまじまじと見つめて目を丸くした。反対に夏津は、ギュッと目を閉じて顔をおおってしまいたい気分だ。憧《あこが》れの先輩との初デートで靴が壊《こわ》れるなんて、あり得ない。

それに、このパンプスは夏津のお気に入りだった。お気に入りゆえに使いすぎたせいで壊《こわ》れてしまったと考えるのが妥当《だとう》だが、それにしてもタイミングが悪すぎる。

「もう、なんで……」

いろんな意味をこめてつぶやいた夏津を、賢斗が見た。

間近に迫《せま》った賢斗の顔に、ドキッとしたのもつかの間。

「なんで、これ履《は》いてきたの」

そんな言葉とともに向けられた鋭《するど》い視線に、夏津は全身を強張《こわば》らせた。ふたたび夏津から視線をそらした賢斗が、ふぅ、とため息をつく。そのため息に、夏津は胸《むね》を突《つ》きさされたような気持ちになった。

「いったん、あそこに座《すわ》ろうか」

「は、はい……」

賢斗に導《みちび》かれるがまま、夏津はひょこひょこと近くのベンチに歩《あゆ》み寄《よ》った。ちょこんと座《すわ》り込んだ夏津の足もとを一瞥《いちべつ》した賢斗が、ため息まじりにつぶやく。

「これじゃあ、歩けないでしょ。なんとかしないと」

「は、はい……。でも……」

壊《こわ》れたパンプスを脱《ぬ》いでひっくり返してみるが、はがれた靴底《くつぞこ》は、とてももとには戻《もど》らなさそうだ。

「強力な接着剤《せっちゃくざい》とかあれば、なんとかなるかな。コンビニに売ってるかな？」

思案顔で夏津を見る。そのまなざしに、またしても夏津の胸が緊張《きんちょう》で強張《こわば》った。そして、何かを思いついた表情になった賢斗が言った。

「小川さん、ちょっとここで待っててくれる？　探してくるから！」

そして賢斗は夏津の返事も待たずに身を翻《ひるがえ》すと、どこかへ駆《か》けて行った。

見えなくなるまで背中《せなか》を見送ったあと、夏津は壊《こわ》れたパンプスに視線を落とした。

パカパカと揺《ゆ》れる靴底《くつぞこ》は、今の自分の心と似《に》ている。心もとなくて、頼《たよ》りなくて、行き場のない不安ばかりが波となって胸《むね》に押《お》し寄《よ》せてくるようだった。

――なんで、これ履《は》いてきたの。

そう言ったときの賢斗の表情は、今までに見たことがない険《けわ》しさを帯《お》びていた。弓道場で弓を構えているときの真剣な表情とはまた違《ちが》って、どこか、とがめるような色を含《ふく》んだ賢斗の瞳《ひとみ》に見つめられて、あのとき、夏津は動けなくなった。

――過去の失敗を繰《く》り返《かえ》さないために、自分なりに気を遣《つか》ったのに……。

ヒールもだめ、ぺたんこのパンプスもだめと言われたら、自分の履《は》けるものは限られてしまう。加えて、「ボーイッシュな服装はデートには不向き」ときたら、いよいよ夏津には身動きができない。

夏津だって、デートのときくらい、女の子らしい格好をしたい。相手に「かわいい」と思われたい。そう願うのは、いけないことなんだろうか。

「あたしが、背が、高いから……女の子らしく、ないから……」

口に出した言葉は、そのまま夏津の首を絞《し》めつけた。息が詰《つ》まって、ノドの奥《おく》に塊《かたまり》となってつっかえる。

「デートなんて、来なきゃよかったのかなぁ……」

夏津の声が、いよいよ湿《しめ》っぽさを含《ふく》んだときだった。

「ごめん、お待たせ!」

その声にハッと顔を上げると、こちらに向かって駆《か》けてくる賢斗と目が合った。

「先輩……」

「ごめんね、1人にして。でも、これ買ってきたから、試してみて」

そう言って、賢斗が紙袋《かみぶくろ》を差し出す。接着剤《せっちゃくざい》を買いに行ったんじゃなかったのだろうか。

「見てみて」

言われるがままに、夏津は袋《ふくろ》の中をのぞきこんだ。中に入っていた箱を取り出し、ひざの上でフタを開ける。

「——え?」

箱の中には、ブルーグリーンの色味が独特なハイヒールが、きれいに収《おさ》まっていた。

「これ……!」

「さっきのお店で、見てたでしょ。壊《こわ》れちゃった靴《くつ》のかわりに、履《は》いてみてよ。……サイズは、小川さんが履《は》いてた靴《くつ》の裏《うら》に書いてあったのを参考にしたんだけど、大丈夫《だいじょうぶ》かな?」

意味がわからなかった。さっき、シューズショップのショーウィンドーで眺《なが》めていたハイヒールが、今、自分のひざの上にのっている。その事実を、頭がうまく処理できない。

すると、夏津のかわりに賢斗が箱に手を伸《の》ばした。箱からハイヒールを取り出し、夏津の足もとに置く。「ほら」とうながされて、ようやく夏津は体をゆっくり動かした。パンプスを脱《ぬ》ぎ、ハイヒールに足をのせる。足首にとめるタイプのストラップを、賢斗がパチン、パチンと片方ずつ丁寧《ていねい》にとめてくれた。

――なに、これ。まるで、シンデレラの有名なあのシーンみたい。

「サイズ、どうかな。立てる？　歩けそう？」

かがんだままの賢斗に見上げられて、夏津は頭の中に浮《う》かんだ考えをあわてて追《お》い払《はら》い、立ち上がった。急に立ち上がったせいで、高いヒールで足元がぐらつく。

「きゃっ……！」

「おっと！」

すかさず賢斗が手を差《さ》し伸《の》べ、夏津のひじのあたりを優しくつかんで、支えてくれた。ドキンと心臓が飛《と》び跳《は》ねて、またしてもバランスを崩《くず》しそうになる。それをなんとかこらえて、夏津は、まっさらなハイヒールでその場に立った。

「きつかったり、ゆるかったりしない？」

「はい……ぴったりです」

新しいハイヒールは、まるで夏津のもとにやって来ることになるのをあらかじめ知っていたかのように、ぴたりと夏津の足に収まった。それを自分の目でも確認《かくにん》したのだろう。「うん、大丈夫《だいじょうぶ》そうだね」と安心したふうに笑《わら》って、賢斗が立ち上がった。

「靴《くつ》は、すごく大事なんだよ。俺の母親が、自転車に乗ってるときに、おんなじように靴底《くつぞこ》がはがれちゃって、自転車ごと転倒《てんとう》して大ケガしたことがあってさ。だからこれからは、家を出てくる前にちゃんと靴の状態をチェックしないとね」

もしかして、さっきの言葉は私を心配してかけてくれた言葉だったのだろうか。

返事をする前に、ハッとした。目の前に立った賢斗の目線が、自分とほとんど同じ高さだ。いや、もしかしたら夏津のほうがいくらか高いかもしれない。

「あ、や、やっぱりあたし、これ似合《にあ》わないかも……！」

顔を伏《ふ》せた夏津は、そのままベンチに逆戻《ぎゃくもど》りした。え、と不安げな顔になった賢斗が、そろそろと夏津の隣《となり》に腰《こし》を下ろす。２人の間には、また、１人分の空間ができていた。

「どうして？　さっき、その靴、見てたよね？　それに、すごく似合《にあ》うと思うよ」

「こういう、高いヒールの、好きなんですけど……でも、あたしには合わないんです……。あたし、こういうの履《は》いちゃうと、ものすごく背が高くなっちゃうから……」

――なんでそんなカッコしてきたの？　もともと俺と同じくらいの身長なのに、なんでわざわざ、そんなかかとのある靴、履いてくるんだよ。

中学生のとき、気になっていた男子から注がれた不愉快《ふゆかい》そうな視線は、今も夏津の脳裏《のうり》に残ったままだ。

「あたし、もともと背が高いから……ヒールを履《は》くと、男の子の背《せ》を抜《ぬ》いちゃって、いつもイヤそうな顔されちゃうから……」

え、と賢斗の気配が隣《となり》でとまどった。

あぁ、やっぱり。また、あたしは憧《あこが》れの人に困惑顔《こんわくがお》をさせてしまう。これじゃあきっと今日のデートも、あのときと同じように終わってしまう。

夏津が悲しみと一緒に、ワンピースのすそをギュッと握《にぎ》ったときだった。

「なに言ってるの。こんなこと言うと、俺のほうが嫌《いや》がられそうで言えなかったんだけど……

小川さん、弓道やってるから姿勢もいいし、すらっとしてモデルみたいじゃん」

「え？」

「小川さんと一緒に歩けて、俺、今日すごく嬉《うれ》しかったよ。俺まで、モデルになったみたいな気がして。……あ！　でもそれは、小川さんがモデルみたいだから嬉しかったんじゃなくて、小川さんだから嬉しかったんだけど！」

「市原先輩……」

隣《となり》に座《すわ》っていた賢斗が、2人の間にあった1人分の空間を、そっと埋《う》めてきた。

賢斗の手が、ひざの上にある夏津の手に、そっと重なる。

「何があったのか知らないけど、背《せ》が高いっていうのを理由に、小川さんが嫌《いや》がるようなことを言った奴《やつ》がいたんだとしたら、そいつは見る目がなかったんだ。そんな奴の言うこと、気にする必要ないよ。小川さんは、かわいい。だから自信をもって。俺に遠慮《えんりょ》しないで、履《は》きたい靴《くつ》を履きなよ。その靴も、すごく似合《にあ》ってる。今日の服にもぴったりだと思う。それに、身長差がないってことは目線が近くなるってことだから、俺はすごくいいと思うんだよね」

「え？」

「だって、好きな人の目を真っ直ぐに見られるって、嬉《うれ》しくない？」

そんなことを言われたら、ますます顔を上げられなくなってしまう。

かぁっとほてった今の顔は、賢斗には、とても見せられない。なのに、賢斗はそれを許《ゆる》してくれなかった。

「小川さん、立って」

「え……」

譲《ゆず》らない口調で手を引かれ、抗《あらが》えずに夏津は立ち上がった。すると、ほとんど真正面に賢斗のふたつの瞳《ひとみ》があった。それは、弓道場で見るよりもずっと真剣《しんけん》なまなざしで、そのまなざしに言葉を奪《うば》われて、夏津は黙《だま》るしかなかった。

それと同時に、夏津の手を握《にぎ》る賢斗の手に、いっそう力がこもった。

「今日、改《あらた》めて思った。俺、小川さんのことが好きです。だから、俺と付き合ってください」

「！」

「俺、きれいで、かわいくて、かっこいい小川さんの隣《となり》を歩きたい。ほかの誰にも、この場所を譲《ゆず》りたくない。だから、お願いします。俺の、彼女になってください」

——どうして。いったいどうして、これが恋なのかわからないなんて、思ったんだろう。

淡《あわ》くて切ないこの気持ちは——いつもひたむきに弓を構《かま》えて的を見つめている彼の視線がほしいなんて気持ちは、もう、恋でしかあり得なかったのに。

「あ、あたしも……。あたしも、先輩のことが、好きです……!」

この言葉が、先輩の心の中心に刺《さ》さりますように。

そう、強く願った。

きみと行く夢の先

「あっ」というつぶやきを聞いて、陽花里《ひかり》は振《ふ》り返《かえ》った。うしろの席の龍太朗《りゅうたろう》が、表情も薄《うす》く、ぼーっと机《つくえ》の上を見つめている。

「どしたの、リュウタ」

「弁当、忘れた」

ぼそっと返された答えに、陽花里のほうが「えっ」と声を上げる。しかし、龍太朗は落ち着いた様子で、「パン買ってくるわ」と席を立った。売店に行くつもりなのだろう。のすのすと歩き始めた龍太朗に続いて立ち上がった陽花里は、龍太朗の学生服の背中をむんずとつかんだ。

「あんた、またパンだけですまそうとしてるでしょ。ダメだよ、栄養も摂《と》らなきゃ！　サラダ分けてあげるから、ちゃんとそれも食べなさい」

「えー……サラダじゃ、ハラ膨《ふく》れねぇんだもん……」

「つべこべ言わない！　健康第一！」

陽花里が耳元で大きな声をあげても、龍太朗は振り向きもしない。そのうち龍太朗は観念《かんねん》したように小さく息を吐《は》いた。

「わかったから、パン買いに行っていい？」

「行ってらっしゃい‼」

陽花里は納得したように龍太朗の背中《せなか》をはなして、その手を小さく振《ふ》った。振り返ることなく教室を出て行く大きな背中を見送って、ふっと、口もとに笑《え》みを宿す。そのときだった。

「相変わらず、仲のいい夫婦だねー」

「ふ……っ⁉」

「中学から付き合ってて、もう6年目だっけ？　それだけ付き合ってると、ラブラブなカップルっていうより、阿吽《あうん》の呼吸《こきゅう》が染《し》みついた夫婦って感じになるのか」

「しかも、完全に飛田《ひだ》が陽花里のシリに敷《し》かれてるし」

「シリって⁉」

好き勝手なことを言う友人たちの間で、陽花里は視線を右往左往《うおうさおう》させた。そんな陽花里に、友人のひとりが冷静な口調で言う。

「それにしても、飛田ってほんと無表情だよねー。口数も少ないし、よく居眠《いねむ》りしてるし、省エネモードって感じ？」

「あはは、わかる！」

「はっきり言って無愛想《ぶあいそう》だなって思うんだけど、陽花里はストレス感じないの？」

無愛想。友人の口から出た言葉を、ノドの奥で反芻《はんすう》してみる。しかし、まるでしっくりこなかった。

「無愛想じゃないよ、ぜんぜん。リュウタ、たしかにあんまり自己主張は強くないし、細かいことに無頓着《むとんちゃく》なとこはあるけど、ぜんぜん無愛想じゃないよ。そんなこと、考えたこともなかった」

あっけらかんと答えた陽花里を、友人たちが見つめる。やがてひとりが、「やっぱりシリに敷《し》いてるわ」とつぶやいた。「そんなことないよ！」と「そんなことあるよー」の応酬《おうしゅう》を友人たちと繰《く》り返《かえ》しながらも、陽花里は、戻《もど》ってきた龍太朗にすぐに気づいた。売店で買いこんだパンを抱《かか》えている。お腹が膨《ふく》れることを最重視したラインナップのようだ。

「はい、サラダ。ちゃんと食べてよね」

席についた龍太郎の前に、陽花里は自分のサラダを半分差し出す。すると、龍太郎が無言で何かを放ってよこした。反射的に受け取ったそれは、売店で売っている日替《ひが》わりのマフィンだ。

「今日の、ひーが好きなチョコとバナナのやつだったから、買ってきた」

その一言で、ぐっと胸の奥《おく》をつかまれた。とっさに何も言えずにいると、「どした？」と龍太郎が顔をのぞきこんでくる。中一のころから付き合って、もう6年目なのに、不意打ちのように顔を寄《よ》せてくる龍太郎の無意識のクセには、いつもドキドキしてしまう。

「あっ……サ、サラダのお礼ってことね？　ありがと！」

そんな言葉でごまかしながら、龍太郎から顔を離した陽花里だったが、そこに、想像もしていなかった追撃がきた。

「お礼じゃないよ、好きだから買ってきただけだけど」

好き？　先ほどの比ではないくらい強く、胸の奥をつかまれる。けれど、龍太郎はそんなことになど気づいた様子もなく、陽花里の差し出したサラダをつつきながら一瞥《いちべつ》を送ってきた。

「好きだろ？　それ」

「……えっ？　あっ、『好き』ってそういう!?」

「え？　違った？」

「違わないよ！　好きだよ！」

そんな2人のやり取りを遠巻きに見ていたクラスメイトたちが、「夫婦だ」「やっぱり夫婦だ」とつぶやいていたことを、陽花里は知らない。自分の動悸《どうき》が、あまりにもうるさかったから。


ブラスバンド部の練習が終わって、陽花里はうっすらと首筋《くびすじ》に浮《う》いていた汗《あせ》をぬぐった。室内であっても、集中して楽器を吹《ふ》けば汗をかく。しかしその感覚も、陽花里は好きだった。自分の体が楽器の一部になったように響《ひび》く感覚は、しびれるくらいに気持ちがいい。

ついさっきまで演奏していた楽曲を口ずさみながら、陽花里はサックスを片づけ始めた。

「お、赤本《あかほん》だ」

隣で片づけをしていた、同じサックスパートの友人が、陽花里のカバンに目を向けてつぶやいた。陽花里のカバンの中でひときわ存在感を放っているのは、真っ赤な表紙の分厚い本だ。表紙が赤いことから「赤本」と呼ばれる、大学入試の過去問題集である。

「志望校、決まったの？　ちゃんと勉強してるんだね」

「そりゃ受験生ですから。狙《ねら》ってる大学、国立だからさ。あたし、今のままだとギリギリだから、ちゃんと勉強しないと」

その言葉に、友人はニヤリと笑った。笑顔の理由を陽花里が尋《たず》ねるより先に、友人が、泣くマネをする。

「彼氏と同じ大学に行くために必死に勉強するなんて、健気《けなげ》だねぇ」

陽花里は、バタンッと音高くサックスのケースを閉じて、顔のほてりをごまかした。

龍太朗とは小学校から一緒で、中学生になって付き合い始めた。龍太朗は口数も、表情の変化も少ないから、まわりからは「無愛想《ぶあいそう》だ」とか「何を考えてるのかわからない」とか言われることもあるが、6年も一緒にいる陽花里には、龍太朗の表情や感情がよく見える。

6年。いつの間にか、龍太朗と一緒にいることが当たり前になりすぎて、今さら離れるなんて考えられなくなっている。

龍太朗と同じ大学を受験すると決めたのだって、自然な流れだった。

――やっぱり、県内の国立大を受験する子が多いみたいだね。家から通えるし。

——んー……。俺も、そうしよっかな……。どうせ地元に残るんだし。

——あ、そうなの？　じゃあ、あたしもリュウタと同じとこ受けよっかな！

そんな感じだったと思う。それで過去問集を買って、一緒に受験勉強をする日々が始まった。今日も、部活終わりに待ち合わせて町内の図書館に立ち寄り、向かい合って過去問を解いている。３年生の夏前の今、まだ解けない問題も多いが、同じ大学の過去問集を２人で持っているという事実を確認するだけで、がんばらなきゃ、という気になる。

ちなみに、龍太朗は理工学部を目指すらしいが、心理学に興味をもった陽花里が目指すのは文学部だ。心理学のなかには音楽心理学という分野もあるそうで、音楽が人の心理にどう働くかとか、音楽セラピーなんていうのも、学べばおもしろそうだと思った。龍太朗と学部は違ってもキャンパスは同じなので、一緒に通うことも、同じ共通科目を履修《りしゅう》することもできる。これまでと同じように、一緒にいることができる。

そんなことを思ってチラッと目を上げた陽花里は、そこに龍太朗の横顔を見た。頬杖《ほおづえ》をついた龍太朗は勉強の手が完全に止まっていて、ぼーっと窓《まど》の外を眺《なが》めている。どこへ向かうのか、うっすらと夕暮れ色を宿し始めた夏の空には、真っ白な飛行機雲が一筋、伸《の》びていた。

「どうしたの？　わかんない問題でもあった？」

「そうじゃないんだけどさ……」

曖昧《あいまい》な言葉を続けた龍太朗は、勉強を再開する気配がない。集中力が切れているようだ。

「もしかして、体調悪い？　大丈夫？」

「体調っていうか……なんとなく、今日はのらない」

「のらない」というのは、「気分が」という意味だろう。何事も淡々《たんたん》とこなすタイプの龍太朗が、そんなことを言うのは珍《めずら》しい。しかし、受験生ともなればナーバスになることもあるだろう。

「じゃあ、今日は帰ろっか。ムリして自滅《じめつ》しちゃったら、元も子もないし。焦《あせ》って一緒の大学に行けなくなったらイヤだしね」

「……ん」

短いやり取りを終えた2人は、荷物をまとめて図書館を出た。陽の長い季節、昼間の仕事を終えて億劫《おっくう》そうに西へかたむいた太陽が、2人の影を長く、濃《こ》く、地面に落としている。

並んで歩くふたつの影《かげ》を見つめながら、陽花里は、来年の今ごろもこうしていられれば、それでいいと思うのだった。

それからも陽花里は、時間を見つけては龍太朗と2人で受験勉強に勤《いそ》しんだ。1人ではダラけそうになることもしばしばだが、龍太朗と一緒だとサボる気にはならない。2人で同じ大学に通うためだと思えば、いくらでも頑張れる。

しかし、このところ、どうも龍太朗の様子がおかしい。勉強に身が入っていないというか、ノートや参考書を開いていても、心ここにあらずな感じがする。今日もまた、頬杖《ほおづえ》をついて、ぼんやりと図書館の窓《まど》から外を眺《なが》めるばかりだ。

「リュウタ？　どうしたの？　ずっと手が止まってるけど……」

「え？　そう？」

「最近、いっつもそんな感じじゃん。何か悩《なや》みでもあるの？　リュウタ、あたしより勉強できるのに。あ、そうだ。ちょっとわからないとこあったんだけどさー。ここ、教えてよ」

そう声をかければ、「ん、どこ？」と、ちゃんとこっちを向いてくれる。龍太朗の教え方は相変わらず簡潔で、わかりやすい。やっぱり、勉強に行《い》き詰《づ》まっているふうには見えなかった。

「さすがリュウタ！　あたしでも解けた！」

「ここ、受験するなら必須科目だから。復習しといたほうがいいよ」

「わかった。あたし、リュウタと同じ大学に通えるように、頑張るから！」

シャープペンシルをグッと握《にぎ》りしめて、陽花里は龍太朗に笑顔を向けた。様子のおかしい龍太朗に、少しでも元気になってほしかった。

「そのことなんだけどさ……」

陽花里の思いが通じたのか、ようやく龍太朗が顔を上げる。「うん」と応《こた》えながら目を合わせた陽花里は――龍太朗の顔に微笑《ほほえ》みがないことに気づいた。

「同じ大学へ行くの、やめない？」

「……え？」

陽花里は、耳を疑った。

――今、なんて……リュウタ、なんて言ったの？

図書館の静寂《せいじゃく》が、うらめしい。まわりがうるさければ、今のは聞き間違いだったかなと思えるのに。でも、この静寂のなかでは、そんな聞き間違いはあり得ない。

「どうして……？　同じ大学へ行こうって、決めたじゃん……」

動揺《どうよう》で声が震《ふる》える。みんなには「無愛想《ぶあいそう》」と言われていても、陽花里にだけは、龍太朗の笑顔や喜びが見えた。でも、今はそれが見えない。そのことが、陽花里の動揺を加速させる。

——イヤだ。こんな不安な気持ちに、なりたくない。

「あ、もしかして、あたしの成績のこと心配してる？　ちゃんとがんばるから大丈夫だって！　ちゃんと、リュウタと同じ国立大に合格するから。だから、一緒に通えるよ？　だから、そんな心配しなくて大丈——」

「そうじゃなくて」

陽花里の言葉を、龍太朗が静かにさえぎった。ノドを震《ふる》わせて言葉をのんだ陽花里を、幅《はば》の広い二重《ふたえ》まぶたに飾《かざ》られた龍太朗の瞳《ひとみ》が、真正面から射抜《いぬ》く。

「俺の問題だよ。俺、考え直したいんだ。……受験する大学も、変えようかなって思ってる」

「え？　リュウタ、ほかに受けたい大学、あったの？」

初耳だ。だって、ウチの高校からは地元の国立大学を受験する生徒が多いらしいという話をしたとき、「俺も、そうしよっかな」と言っていた。だからてっきり、そこが龍太朗の第一志望だと思って、それなら自分もと決めたのだ。

「どこ受けるの？」

「東京の大学だよ」

「え、東京……？」

東京なんて、陽花里たちが暮らす田舎町からは別世界のように遠くて、まるで現実味がない。陽花里も、中学の修学旅行で一度行っただけの大都会だ。龍太朗だって、きっと同じだろう。なのにその遠い世界を、龍太朗は進学先に考えていたのだ。

「どうして東京なの？　地元に残るんじゃなかったの？」

「そのつもりだったんだけど、やっぱり、あきらめられないんだ」

「何が？　東京にしかないものがあるの？　ほとんど行ったこともないのに」

「……その大学、パイロットの養成コースがあるんだ」

その言葉を聞いた瞬間、すべてが陽花里の中でつながった。フラッシュバックしたのは、すべて、陽花里自身が龍太朗にかけたことのある言葉たちだ。

――リュウタ、なに見てるの？　……あ、飛行機雲？

――昨夜のテレビ、観た？　旅客機の特集なんて、リュウタのための番組だよね。

――修学旅行、飛行機で東京だって。よかったね、リュウタ！

小学生のころから、龍太朗は飛行機が好きだった。男の子らしいといえば男の子らしい。陽花里には違いのわからない模型《もけい》や、マニアックな特集本をいくつも持っているし、子どものころにフライトシミュレーターを体験できたときには、陽花里がそれまでに見たことないくらい嬉《うれ》しそうな顔をしていた。

だから、飛行機が好きなことは知っていた。でも、その「好き」が、パイロットになりたいと思うほどに大きくなっていたことには気づかなかった。

「本気、なの？」

確認するように問うと、無言のうなずきが返ってくる。それは、本気のうなずきだった。

「簡単につける職業じゃないってことは、わかってる。だからあきらめて、地元に残ろうかと思った。理工学部なら、興味のあることに近いし。でも、こうやって受験モードになってみたら、ぜんぜんモチベーション上がらなくて、なんでだろって考えたら、たぶん、そのせいなんだ」

「そのせい」――いつしか大きく膨《ふく》らんだ「好き」が、「憧《あこが》れ」が、今さら手放せないくらいの夢になってしまったせい。

でも、それを責《せ》めることは陽花里にはできない。誰かの夢を邪魔《じゃま》するなんて、そんな権利は誰にもない。ましてや、それが大切な人だったら、なおのこと。

だけど、そのことを理由に龍太朗と離れることも、陽花里には想像できなかった。

「じゃ、じゃあ、あたしも東京に行く！」

「俺が行きたい大学は、たぶん、ひーには合わないよ」

「それなら、別の大学にする！　同じ大学じゃなくても、東京の大学だったら、お互《たが》いの授業が終わったあととか休みの日とかに会えるでしょ？　そうだよ、そうすれば何も変わらないじゃん。それに、東京で龍太朗とデートしたりするの、楽しそうだし！　うん、いいねそれ！」

「ひー」

「あ、でも、東京に行くんだったら一人暮らしか。それか、寮《りょう》とか？　どっちにしてもお父さんとお母さん、説得しなきゃ。……そうだ、どうせなら一緒に住んじゃう？　なーんて――」

「陽花里」

静かに名前を呼《よ》ばれて、ノドが硬直《こうちょく》する。イヤだ。聞きたくない。両手で耳をふさいでしまいたい。そう思うのに、ノドと一緒に硬直した体はまるで他人のモノのように動かなかった。

「俺には、追いかけたいものがある。手に入れるのは簡単じゃないけど、それでも、できることをしておかないと後悔《こうかい》すると思うから、俺は東京に行って自分の夢を追いかけたい。でも、それに陽花里をつき合わせるのは間違っている。陽花里も、自分の進みたい道を進むべきだよ。俺に合わせるんじゃなくて、本当に、自分が進みたい道を」

「ちょっと待って、りゅう――」

陽花里、と、もう一度、龍太朗の唇《くちびる》が私の名前を呼ぶ。まるで、子どもに言い聞かせるように。そして、はっきりと告げる。

「俺たち、別々の道に進むべきなんだと思う」

ピシッと、陽花里の胸の奥《おく》で何かが壊れた。このままでは、何かがバラバラになってしまう。得体の知れない恐怖《きょうふ》に指先を震《ふる》わせながらも、陽花里は、胸の奥でバラバラになりかけているものを懸命《けんめい》に守ろうとしていた。

「だ、大丈夫《だいじょうぶ》だよ……心理学なら東京の大学でも、できるし!」

「それは、陽花里が本当にやりたいことじゃないだろ!?」

陽花里が時間をかけてようやく見つけた言葉さえ、龍太朗には届かない。

そして、それが正しいだけに、陽花里は何も言えなくなる。

「俺、知ってるよ? 陽花里が本当にやりたいのは、心理学じゃなくて音楽だろ? 中学から続けてるサックス、先生にも『スジがいい』ってほめられてたし、もっと本気でやりたいんだろ? 去年、ドイツから交換留学生《こうかんりゅうがくせい》が来たときも、興味津々《きょうみしんしん》だったたし。『やっぱりヨーロッパは音楽が盛《さか》んなの?』とか、『音楽の名門ってどこなの?』とか。俺、ちゃんと聞いてたよ。……大事な陽花里のことだから、ずっと見てたし、ちゃんと聞いてた」

そう言って、龍太朗が陽花里を見つめ直す。大事なものを見るまなざしで、龍太朗はしっかりと、陽花里のことだけを見つめていた。

「陽花里、本当は、音楽留学したいんだろ?」

「!」

「だったら、それを追いかけろよ。心理学に音楽をからめて勉強するのも立派なことだと思うけど、立派なこととやりたいことは違うだろ。やりたいことがわかってるなら、中途半端《ちゅうとはんぱ》な折《せっ》衷案《ちゅうあん》に日和《ひよ》るなよ。『やりたいことがわからない』わけじゃないだろ。陽花里にも、俺にも、ちゃんとそれがあるんだから。俺ら、まだ10代なんだよ。今から、なんにでもなれる。可能性なんて、無限大だよ」

龍太朗がこんなに長くしゃべることは、めったにない。だからこそ、陽花里の頭は混乱した。龍太朗が何を言っているのかは、わかる。何を言いたいのかも、わかる。でも、心が「わかりたくない」と叫んでいる。

「俺、陽花里のことが大事だよ。陽花里が吹いてる、サックスの音も好きだ。だから、可能性を捨ててほしくない。俺と一緒にいたいっていう理由で、陽花里のやりたいことを最初からなかったことみたいに扱《あつか》ってほしくない。陽花里の可能性をつぶさないでほしい。俺と一緒にいることを選んだせいで、陽花里が夢をあきらめたりしたら――俺は、自分を責《せ》めずにいられない」

「そんな言い方、ズルいよ……」

震《ふる》える唇《くちびる》からこぼれた声も、どうしようもなく震《ふる》えていた。まばたきをした瞬間《しゅんかん》、冷たい感《かん》触《しょく》がぽろぽろと頬《ほお》を滑《すべ》り落《お》ちる。それを見て、龍太朗は少し目を細めたものの、謝《あやま》ることはしなかった。

「リュウタ、ズルい……。リュウタが悪者になること、あたしが嫌《いや》がるの知ってるクセに、そんな言い方……。あたしがそばにいることで、リュウタが自分を責《せ》めることになるなら、あたし、リュウタのそばにいるべきじゃないじゃん……」

陽花里が龍太朗を追いかけて東京に行ったとして、たとえ、そばでどれだけ笑っていたとしても、「その笑顔は、陽花里が夢を犠牲《ぎせい》にした結果だ。自分がそうさせたんだ」という罪悪感《ざいあくかん》が、龍太朗につきまとうことになる。「あたしがこの道を選んだんだよ」という言葉も、「あたしは、音楽より龍太郎が大事」という言葉も、きっと、龍太朗にとって免罪符《めんざいふ》にはならない。

だからといって、はっきりと形を持っている自分の夢を、龍太朗は手放さない。パイロットになるという夢を聞いてしまった今、それをあきらめて一緒にいてとは口が裂《さ》けても言えない。

そんな身勝手な女には、陽花里だってなりたくない。

どちらかが犠牲《ぎせい》にならなければ、一緒にはいられない。けれど、そうまでして一緒にいることは、きっと、2人の関係をきしませる。

「そんなの、離れるしかないじゃない……」

皮肉だ。自己主張の乏《とぼ》しい龍太朗が、初めてといってもいいくらい強く主張してきたことが、離ればなれになることだったなんて。そして、この話の結末がどうなるかに予想がついている自分にも、腹が立つ。

「陽花里も俺も、器用じゃないから。きっと、知らない土地で夢を追いかけることで、いっぱいいっぱいになる。冗談《じょうだん》で話したことあったよな。『遠距離恋愛《えんきょりれんあい》はムリだね』って」

——あぁ、どうして。どうしてあのとき、ウソでも「遠距離恋愛って憧《あこが》れるよね」と、笑っておかなかったんだろう。

——でも、ウソのないまっすぐな恋だったから、きっと自分は幸せだったんだ。

「陽花里。俺たち、別れよう。自分の未来にも、お互《たが》いにも、中途半端《ちゅうとはんぱ》にならないように」

その言葉を龍太朗から切り出したのも、きっと彼の優しさで——今さらくつがえすことはできないのだと陽花里に悟《さと》らせた強いまなざしも、彼の想いそのものだった。

「——っとに、バカ……」

聞こえるか聞こえないかのささやき声をこぼして、陽花里はガタッと立ち上がった。そのまま、右手を肩《かた》の高さまで持ち上げる。無防備《むぼうび》に座ったままの龍太朗は、振《ふ》り上《あ》げられた陽花里の手から目をそらすことも、目を閉じることもしなかった。

ひゅっと、陽花里の右手が空《くう》を切る。一拍《いっぱく》ののち、ぺちん、と、蚊《か》も殺せないくらいに気の抜《ぬ》けた音が、龍太朗の頬《ほお》に落ちた。

「許《ゆる》さないから……」

とても「殴《なぐ》った」とはいえない弱々しい平手を龍太朗の頬に残したまま、陽花里はつぶやいた。瞳《ひとみ》が涙《なみだ》にぬれてはいたが、もう、泣いてはいなかった。

「こんっなに一途《いちず》なあたしのことをフってまで東京に行くんだから、本当にパイロットにならないと、絶対に許さないから！」

そうタンカを切って、陽花里は龍太朗の頬に触《ふ》れていた手を引っこめた。返す刀でカバンをひっつかみ、その中へ、机の上の赤本や筆記用具を乱雑《らんざつ》に放りこむ。

最後の言葉は済んだとばかり、陽花里は駆《か》け出《だ》した。振《ふ》り返《かえ》る気は、微塵《みじん》もなかった。

陽花里の大声に気づいた利用者が、なんだなんだと言わんばかりに龍太朗を見ている。陽花里の叫《さけ》んだ内容が内容だっただけに、そそがれる視線には好奇《こうき》の色が濃《こ》い。

「……ははっ」

笑い飛ばすには弱々しい声をこぼして、額《ひたい》から目もとまでを両手で覆《おお》う。弱々しい笑い声。最後の最後まで、自分たちは似《に》ていたらしい。そう思った瞬間《しゅんかん》、何かが、龍太朗の頬《ほお》に滑《すべ》り落《お》ちた。

「――がんばれよ」

どちらからともなく、遠い場所で声を重ねて、2人の恋は終わった。

＊

そういえば、もう長いこと日本に帰っていないなと、陽花里は思った。ここ数年はオファーが増え、練習と本番に奔走《ほんそう》する日々だ。仲間たちとの路上ライブも、今ではすっかりルーティンワークになっている。とはいえ、まだまだ贅沢《ぜいたく》ができるような暮らしぶりではないから、高額な国際線の航空券には、おいそれと手が出せない。

味噌汁《みそしる》や寿司《すし》やすき焼きの味を恋しく思いながらも、陽花里は譜面《ふめん》を片づけて、カフェを出た。とたんに、ヨーロッパの黄色い太陽がまぶしく照りつけてくる。ここ最近は、気温30度に迫《せま》る勢いだ。ただ、日本の夏と違って湿度が低いので、過ごしやすくはある。

じめっとした日本の夏さえなつかしくなるような郷愁《きょうしゅう》に駆《か》られながら町を歩いていた陽花里の目に、ふと、ある光景がとまった。ハイティーンの少年と少女が、寄《よ》り添《そ》い合うようにして石畳《いしだたみ》を歩いている。2人の背中が輝《かがや》いて見えるのは、きっと陽気な太陽のせいだけではない。

陽花里がふっと目もとを和《なご》ませたとき、頭上から、風のうなりが聞こえてきた。はっと顔を上げた先に、真っ白な飛行機雲が一筋《ひとすじ》、どこまでもまっすぐ伸《の》びている。

——ねぇ。今、どこにいる?

どこにいたっていい。見上げる空のどこかで、彼はきっと、今も夢を追っているから。

3つのお願い

「えっ、また!?」

スマホに向かって、思わず璃子《りこ》は声を上げた。電話の向こうにいる相手の気配が、その瞬間《しゅんかん》に不機嫌《ふきげん》さを増す。

「なんだよ……。そんな言い方するなよ」

「だって、これでドタキャン、何回目だと思ってるの？」

璃子の問いかけにも、相手は「知らねーよ」と開き直る始末《しまつ》である。フツフツと怒《いか》りがこみ上げてきたが、ここでバクハツしたところで相手は痛《いた》くもかゆくもないと、これまでのことで理解している。相手に響《ひび》きも刺《さ》さりもしないのに声を荒《あら》らげるなんて、体力と精神力の浪費《ろうひ》でしかない。

「じゃあ、いつならデートできる？」

懸命《けんめい》に感情を抑《おさ》えながら尋《たず》ねた璃子だったが、結果は、「のれんに腕押《うでお》し」だった。

「さぁ、わかんない。とりあえず、もう行くから切るわ」

「あ、ちょっ――」

ブツッ。ツー、ツー、ツー……

「晴輝《はるき》のバカっ！」

一方的に切られた電話を、璃子はベッドに投げつけた。ぽすんとベッドに跳《は》ねたスマホを見ているだけでは、気持ちは少しも晴れなかった。

付き合うことになるまでは、璃子に対する晴輝のアピールは熱烈《ねつれつ》だった。「春の球技大会で見て一目ボレした。付き合ってほしい」と、クラスの違《ちが》う晴輝から最初の告白を受けたのが、1年生の5月。そのとき、璃子にとって晴輝は「どこの誰《だれ》かもわからない男子」だったので、丁重《ていちょう》にお断《ことわ》りした。

しかし、それ以降《いこう》も晴輝は璃子へのアピールを続けた。「どこの誰かもわからない男子」なら、自分がどういう人間か知ってもらおうということだったのだろう。

「まずは友だちになってください！」という再度のアピールに始まって、連絡先《れんらくさき》を交換《こうかん》したあとは、意外にもこまめで気《き》の利《き》いた連絡をくれた。一方的に自分語りをするだけのメールなら無視《むし》していたかもしれないが、ちゃんと璃子のことを知ろうとする姿勢《しせい》がメールの端々《はしばし》からうかがえた。

初めて、学校の外で2人で会う約束《やくそく》をしたのは、連絡先を交換《こうかん》してから1ヵ月近く経《た》ってからだったと思う。初デートらしく無難《ぶなん》に映画を観《み》て、映画の感想を話しながら、少し早めの夕食をとった。晴輝が調べてきてくれていたイタリアンレストランは、カジュアルながら、ほどよい雰囲気《ふんいき》があって、パスタはアルデンテでおいしかった。思っていた以上に話も弾《はず》んで、璃子はついついデザートまで食べてしまった。

そして別《わか》れ際《ぎわ》、「バイバイ」と振《ふ》ろうとした手を、ギュッと晴輝につかまれたのだ。

「俺、絶対に璃子ちゃんのこと、あきらめないから！　俺の好きっていう気持ちがまだ足りてないなら、伝わるまで、何回でも何十回でも告白する。だから、本気で俺のこと考えてほしい」

あのとき、物怖《ものお》じしない瞳《ひとみ》に射抜《いぬ》かれた璃子の心臓《しんぞう》は、間違《まちが》いなくときめいた。本当のことを言えば、熱心にメールを送ってくれたり、「好き」と言葉にしてくれたり、まっすぐ気持ちを伝えてくれる晴輝には、初デートの前から惹《ひ》かれ始めていた。

だから、後日また「付き合ってほしい」と告白されたとき、璃子は「よろしくお願いします」と答えた。そのとき、跳び上《あ》がらんばかりに喜んでいた晴輝の顔は、今でも鮮明に憶《おぼ》えている。

——なのに、だ。

結局、これは「釣《つ》った魚にエサをやらないタイプだった」ということなのだろう。

晴輝と正式に付き合い始めたのが、7月のはじめ。夏休み中は、晴輝の熱意をたっぷり感じていた。2学期に入れば学園祭やクリスマス、年が明ければバレンタインというイベントがあったから、その間は「恋人」らしく2人で楽しめたと思う。

心の隅《すみ》にささくれのようなものができ始めたのは、2人が2年生に進級した春だった。

前ほど、晴輝からの連絡がマメではなくなり、学校で会ってもあまり話をしなくなった。もちろん、付き合いはじめの情熱がいつまでも続くとは璃子も思っていない。付き合っているうちに少しずつ落ち着いてくるのが自然なことだとわかっているし、自分たちはだいたい1年、イベント事が1周する時間をともに過《す》ごしてきた。

しかし、そんな理由を抜《ぬ》きにしても、晴輝のトーンダウンは極端《きょくたん》だった。

デートの当日キャンセルは、今日で5回目。初めてのドタキャンはホワイトデーの翌週《よくしゅう》だったから、3ヵ月あまりで合計5回ということになる。

きちんとした理由があるなら文句も言わないが、「友だちに遊びに誘《さそ》われたから」という理由には怒《おこ》ってもいいんじゃないかと璃子は思う。先に約束《やくそく》していたのは璃子なんだし、そこは「彼女」である自分を優先してほしかったと、寂《さみ》しい気持ちもわき上がってくる。

しかし、璃子が送った「来週の土曜日にデートやり直せない?」というメッセージも、既読《きどく》スルーである。

「なんなの!? あれだけ好き好き言ってきたクセに! 『絶対にあきらめない』とか、『本気で俺のこと考えてほしい』とか、キザなセリフでめちゃくちゃアピールしてきたクセに、いざ付き合ったら冷たくなるって、どういうことなの!?」

晴輝に言ったところで馬の耳に念仏《ねんぶつ》でしかない怒《いか》りを、璃子は今日も、しかるべき相手にぶちまけていた。「今年も母さんの実家からサクランボが届《とど》いたから、おすそわけ」と、箱でサクランボを持ってきてくれた、同い年の幼《おさな》なじみである諒一《りょういち》である。

結果、璃子の家のダイニングテーブルに向かい合って座り、2人でサクランボをつまみながら、璃子は鬱憤《うっぷん》をぶちまけ、諒一はそれに慣《な》れた様子で「ふんふん」とうなずいている。

諒一は、璃子の隣《となり》の家に住んでいる。幼稚園《ようちえん》から中学までは一緒だったが、高校は違う学校に進学した。それでも、今もこうして互《たが》いの家を行き来する関係は続いている。

「なるほどなー。さすがに3ヵ月で5回は多いなー」

「だよね!? なのに『ごめん』も言わないんだよ、晴輝のヤツ! 約束を破って謝《あやま》りもしないで、逆《ぎゃく》に開き直るとか、どういうこと!? 意味わっかんない!」

「照《て》れてんじゃない? さすがにドタキャン続きで気まずいとか」

「あれだけ恥《は》ずかしいセリフで、何度も告白してきたのに、今さら照れるとかないから!」

「なんだ、ノロケか?」

「違《ちが》う! あたしは怒《おこ》ってんの!!」

座《すわ》ったまま地団駄《じだんだ》を踏《ふ》まんばかりの璃子を、諒一が「ごめんごめん、悪かった」と、苦笑《くしょう》を浮《う》かべながらなだめた。しかし、「そうよ、まずそういうふうに謝ってほしいのよ、晴輝にも!」と、璃子の頭には怒《いか》りがぶり返したようなので、諒一のなだめ方が正しかったかどうかは微妙《びみょう》なところである。

「璃子の本心、ちゃんと彼氏には伝えてるのか？」

またーつサクランボをつまみ上げながら、諒一がいたって冷静な目を璃子に向けてくる。感情の起伏《きふく》が激しい璃子を、実年齢《じつねんれい》以上に落ち着きのある諒一が落ち着けるというこの関係は、子どものころから変わっていない。

「伝えたよ、何度も。でも、そのたびに『はいはい、わかったから』ってテキトーな感じであしらわれて終了。ぜんぜん気にしてない感じ。それがまた腹立《はらた》つっていうか、むなしいっていうか、悲しいっていうか……」

そう。怒《いか》りだけではない。こんなにぞんざいに扱《あつか》えるってことは、もう好きじゃないってこと？　それとも、あれだけ口にしていた「好き」の言葉が、そもそもウソだったの？　あたしたち、もう終わりが近いってことなの？　怒りの次には、そんな不安が璃子を襲《おそ》う。

「今じゃ、あたしだけが一方的に好きなんじゃないかって……。晴輝は別れたがってるのかなって、思っちゃうよ……」

ぽとりと、璃子の指先から、つやめくサクランボがこぼれ落ちた。

璃子が晴輝と付き合ったのは、熱烈《ねつれつ》でまっすぐなアピールにほだされたからだった。でも今は、あのころよりも晴輝のことを好きになっている。彼がくれる「好き」の言葉に、ちゃんと自分も「好き」で答えられるようになったときは、心がひとつになったと思ったし、心がひとつになる感覚は、じんわりと璃子の胸《むね》をあたたかく、少しだけ切なく、幸福にした。

なのに、その幸福が壊《こわ》れかけている。晴輝がもう自分のことを好きじゃないのだとしたら、自分が晴輝を好きというだけの一方通行の付き合いを続けるのは、よけいにむなしい。

「でも、彼氏が璃子のことを嫌《きら》いになったと決まったわけじゃないんだからさ。ちょっと早めの倦怠期《けんたいき》ってヤツかもしれないし、まずは、どうにかして彼氏の本心を聞き出せればいいよね。ほれ、とりあえずサクランボでも食っとけ。好きだろ、璃子」

璃子の手からこぼれ落ちたサクランボを拾《ひろ》った諒一が、それを璃子に差《さ》し出《だ》す。「うん……」とうなずいて受け取った璃子は、好物のそれを口に入れた。甘酸《あまず》っぱい果汁《かじゅう》がじゅわっと口いっぱいに広がって、怒りの熱を少しずつ鎮《しず》めてくれる。

「ごめんね、諒一。いつもグチ聞いてもらっちゃって……」

「べつに、気にしなくていいよ。聞くぐらいたいしたことないし」

「ううん、そんなことない。すごく気持ちが楽になる。ありがとう」

「そっか？　ならよかった」

ほおづえをついて、諒一が微笑《ほほえ》む。こんなに心強い幼《おさな》なじみは、世界中探したって諒一だけだ、と璃子は思った。そう思った流れで、ひらめく。

「あ、そうだ。相談ついでに、お願いがあるんだけど……」

「なに？　俺にできることなら」

「あのね、来月の3日が、晴輝の誕生日なの。去年は、晴輝の誕生日が終わった直後に付き合い始めたから、あとから急いでお祝《いわ》いすることになっちゃって……。だから今年は、ちゃんと当日に『おめでとう』って言って、プレゼント渡《わた》したいんだ。プレゼントも、去年よりはちゃんと気の利いたものを贈《おく》りたいし、諒一、よかったらプレゼント選びに付き合ってもらえないかな……。男の子の意見、聞かせてほしいの！」

そう言って、璃子は諒一に向かって、パンっと両手の平を打ち合わせた。

拝《おが》まれた諒一は「なるほどね」とつぶやきながら、ほおを支《ささ》える腕《うで》を替える。

「いいよ。べつに」

「ほんと⁉」

「俺で参考になるか、わかんないけど」

「ううん、そんなことない！　ありがとう！」

ほおを支えていないほうの諒一の手を、璃子は両手でつかんだ。面食らったように諒一が目を丸くしたが、璃子はかまわず、諒一の手をブンブンと上下にゆする。

「ほんと、助かる。誕生日《たんじょうび》をキッカケに、晴輝と仲直りできるかもしれないし」

「まぁ、そうかもね」

そうなればいいなという願いを、璃子はサクランボと一緒《いっしょ》に、そっと口の中で転がした。


諒一と一緒に、晴輝への誕生日プレゼントを買いに行く日は、翌週の土曜日にした。晴輝が、「ドタキャンしたデートの埋《う》め合《あ》わせを日曜日にしよう」と、ようやく連絡をくれたので、諒一に頼《たの》んでその前日に買い物に付き合ってもらうことにしたのだ。

ドタキャンされたときはあれだけ感情的になったのに、穴埋《あなう》めの話が出たとたん、それが楽しみになっている。こんなに晴輝に気持ちを揺《ゆ》さぶられることになるなんて、付き合いはじめのころは想像もしていなかった。やはり、恋をすれば人間は変わるということなんだろう。

諒一とは、土曜日の11時にショッピングモールで待ち合わせることにした。璃子が諒一の家に行って、そこから一緒にショッピングモールに向かおうと考えていたのだが、諒一には諒一の予定があったらしい。

「俺は友だちに借りてた本を返してから、そのままショッピングモールへ向かうよ。だから、フードコートで待ち合わせしよう」

そういうわけで、土曜日は現地集合だ。

晴輝への誕生日《たんじょうび》プレゼントは、何にしよう。去年は、付き合い始めたときには誕生日を過ぎていたので、あとから晴輝と一緒にパスケースを買いに行った。今年は、ちゃんと当日に渡《わた》すことができる。何をプレゼントしたら晴輝に喜んでもらえるか——付き合いはじめのころのような関係に戻《もど》れるかを、璃子は一生懸命《いっしょうけんめい》に考えた。

そして、悩《なや》みに悩《なや》んで寝《ね》るのが遅《おそ》くなったのがいけなかった。

ぼんやりと意識が覚醒《かくせい》してから、枕《まくら》もとでスマホが鳴っていることに気づいた。もそもそと手を伸ばし、スマホをつかむと、電話をかけてきている相手は諒一だった。

その瞬間《しゅんかん》、一気に頭の芯《しん》が冷えた。

「はい、もしもし！」

かぶりつくように電話に出ると、「お、出た」と、諒一が落ち着き払《はら》った声でつぶやいた。

「璃子、いま――」

「ごめん諒一っ！　寝坊《ねぼう》した!!」

諒一の言葉をさえぎって、璃子はベッドから飛び出した。机の上に置いてある時計は、あろうことか、11時半を示している。どうやら、スマホのアラームも作動しなかったらしい。昨夜、寝るのが遅くなったツケだ。

「ごめん、すぐ行くから待ってて！　ほんっとごめんね!!」

「はいはーい」と、諒一が頓着《とんちゃく》した様子のない声で応《こた》える。最後にもう一度謝《あやま》ってから電話を切った璃子は、大慌《おおあわ》てで支度《したく》して家を飛び出した。

璃子がショッピングモールに着いたのは、約束より1時間半以上も遅い、12時半過ぎだった。広いフードコートの片隅《かたすみ》でスマホをイジっていた諒一に、璃子は土下座《どげざ》せんばかりの勢《いきお》いで頭を下げた。

「ほんっとーにごめん！　頼《たの》み事《ごと》しといて遅刻《ちこく》するとか、ほんとあたし、あり得ない……！」

「まぁ、今日は何もほかに予定なかったし、大丈夫《だいじょうぶ》」

スマホをしまいながら、諒一が笑《わら》う。しかし、その笑顔を見た璃子の胸《むね》には、いっそう申し訳なさが満ちていた。

「やっぱり、だめだ。あたしの気がすまない」

「え？」

「遅刻《ちこく》したお詫《わ》びに、諒一の言うこと、なんでも聞く！」

璃子の言葉に、「えっ？」と諒一が目を丸くする。それを見た璃子は、さらに考えこむ表情になった。

「だって……一時間半も遅刻したから、3回まで、言うこと聞くよ。どう？」

そう言って璃子は、親指と小指以外の3本指を立てた右手を、諒一の鼻先《はなさき》に突《つ》きつけた。とまどいの色を浮かべた諒一が、「お、おぅ……」とつぶやく。璃子は、それを承諾《しょうだく》ととらえた。

「あたしにできることだったら、なんでも言うこと聞くから！」

ぐぐっと迫《せま》ってくる璃子に、諒一は、一拍《いっぱく》おいて何かをあきらめた表情になった。

「じゃ、まずは昼飯をおごってもらおうかな。璃子が来てから食べようと思ってたから」

「あ、そっか。よし、わかった。じゃあ、遅刻《ちこく》したお詫《わ》びと、今日付き合ってもらうお礼もかねて、ごちそうするね。あ、でも、あんまり高いものだと、ちょっと……」

一度は胸《むね》を張《は》った璃子だったが、すぐにハッとして声を落とした。

ショッピングモール内には様々な飲食店が入っている。ここはフードコートだが、少し移動すればレストラン街があって、そこにはステーキの店や、寿司屋もあったはずだ。そんなところで2人分の昼食代を出すのは、ちょっときびしい。

そんな璃子の不安をよそに、諒一がするりと立ち上がった。

「じゃあ、あれ」

「……え？」

諒一が指さした先に目を向けて、璃子は目をしばたたかせた。

その先にあるのは、フードコートの一角でひときわ目立っている、カレー店の黄色い看板《かんばん》だった。

「え、カレーでいいの？」

「うん。璃子を待っている間、ずーっといい匂《にお》いがしててさ。もう今日はカレーのことしか考えられない」

あっさりそう言って、諒一がカレー店に向かって歩いて行く。そこで諒一が注文したのは、メニューの中でも最もリーズナブルなポークカレーだった。オプションでチーズやトンカツのトッピングもできるのだが、諒一は何もつけなかった。それではバランスが悪いからと、璃子がサラダを買ってつけたくらいだ。

もしかしたら、諒一は気をつかってくれたのかもしれない。このフードコートのなかでも、カレーはリーズナブルなほうだ。璃子の財布《さいふ》を気にしてくれたということは、諒一ならあり得る気がした。

「よし。じゃあ、プレゼント探しに行こうか」

「あ、うん」

カレーをきれいに食べ終わった諒一は、いたく満足げに立ち上がった。カレーしか考えられなかったというのもウソではなかったのだろうが、前を行く幼《おさな》なじみの背中《せなか》に彼らしい心配りが見えた気がして、璃子は胸《むね》の中で、「ありがとう」とつぶやいた。

食後は、晴輝へのプレゼントを探してショッピングモール内を散策《さんさく》した。服や靴《くつ》、スマホのアクセサリーなどを見て回る。

「うーん……靴《くつ》は履《は》いてみないとわからないし、シャツか、スマホケースか、スマホリングかなぁ……」

「いいんじゃない。これからの季節、シャツはいくらでもあっていいし。男は汗《あせ》かくからね」

そんなことを諒一と話しながら、テナントショップを転々とする。少し前にのぞいた洋服のショップに戻《もど》ろうかな、と璃子が思ったときだった。

「え？」

「あ」

つぶやきが、ふたつ重なった。ひとつは璃子のもので、もうひとつは、正面から歩いてきた晴輝のものだった。

「璃子？」

「晴輝、なんで……」

たまたま、土曜の昼下がりのショッピングモールで、ばったり彼氏と行き会っただけ。そう思えたらよかったのに、璃子がそう思えなかったのは、晴輝が隣《となり》に女子を連れていたからだ。

「晴輝、その子――」

「あ！　もしかしてこの子が、晴輝の言ってたカノジョ？　束縛《そくばく》がきついっていう」

璃子の言葉をさえぎったのは、晴輝の隣《となり》にいた女子だった。学校では絶対にアウトなバッチリメイクで、髪はくるんくるんに巻いている。着ている服は、肩《かた》の落ちたシャツにホットパンツという露出《ろしゅつ》の多いもので、露出された肌《はだ》にはアクセサリーがいくつも光っていた。璃子にはなじめないファッションだ。

そんな派手《はで》な女子が、璃子の顔をチラッと見て嘲《あざけ》るように言ったのだった。「束縛《そくばく》がきついカノジョ」と。

固まった璃子を、その女子はなめるように上から下まで見たかと思うと、濃《こ》いリップで塗《ぬ》り飾《かざ》った唇《くちびる》をクスッと嘲笑《ちょうしょう》の形に釣《つ》り上《あ》げた。

「たしかに、しつこそー。晴輝がグチ言いたくなるのもわかるわぁー。地味だし」

プツンと、何かが璃子の中で切れた。

「晴輝……どういうこと？　だれ？　その子」

「誰って……晴輝のグチを聞いて、なぐさめてあげるような存在？」

クスクスと、晴輝の隣《となり》で派手《はで》な女子が笑《わら》う。本気なのか、からかっているのか、今の璃子にはわからない。本気だろうが、からかっていようが、それはたいした問題ではなかった。

璃子、と、隣《となり》で諒一が呼んでいる。その声が、今の璃子にはひどくぼんやりとして聞こえた。

「晴輝……浮気してたの？　だから最近、あたしが連絡しても、返事もしてくれなかったの？

この間の、ドタキャンだって……」

そうだ。こうなってくると、「友だちに遊びに誘《さそ》われた」というドタキャンの理由にも裏《うら》がありそうな気がしてくる。その相手は本当に「友だち」だったのか、とか、「誘《さそ》われた」んじゃなくて晴輝から誘《さそ》ったんじゃないか、とか。

「浮気ねぇ……」

けっして大きな声ではなかったのに、晴輝の声に、璃子はビクリと身をすくませた。

「さっきから俺のことばっかり責《せ》めてるけど、璃子だって、男と遊んでんじゃん」

「え？」

「そいつに、俺の悪口言ってたんじゃないの？　俺だけ責められるのはおかしいよね」

何を――いったい、何を言ってるんだ。

「璃子って、意外に軽かったんだ。俺がコクったときはなかなかOKしなかったクセに、そうやって、自分だって別の男を誘《さそ》ったりするんだな。アレ、もったいぶってたってこと？　だとしたら、性格悪いよね」

璃子が何かを言う前に、動いたのは、諒一だった。

晴輝と、横に立った女子の表情が、その一瞬《いっしゅん》で強張《こわば》る。璃子の隣《となり》から大きく足を踏《ふ》み出《だ》した諒一が、一直線に晴輝に向かって行こうとしていた。

考えているヒマはなかった。

「諒一、だめっ！」

悲鳴まじりに幼なじみの名前を呼《よ》んで、璃子は諒一の腕《うで》にすがりついていた。璃子がすがった諒一の右腕《みぎうで》は、まっすぐ晴輝に伸《の》ばされる途中で止まっていた。

止めなければ、諒一の右手は、晴輝の体を乱暴《らんぼう》につかんでいただろう。璃子には、その光景がありありと想像できた。

「やめて、諒一！　こんなことしても、意味ない……」

「意味ないことない。どうにかしないと俺の気がすまない」

「諒一がそんなことする必要ない！　殴《なぐ》ったら諒一が痛《いた》いよ。こんなヤツのせいで諒一が痛い思いすることない！」

今、璃子の頭に浮かぶのは、晴輝をなじる言葉より、諒一を守る言葉ばかりだ。

「もういいから、行こう、諒一」

璃子は抱《かか》え込《こ》むようにした諒一の腕《うで》を、そのままぐいぐいとひっぱった。最初は納得がいかない様子でその場に踏《ふ》みとどまろうとした諒一だったが、やがて、晴輝に鋭《するど》い一瞥《いちべつ》をくれたのち、璃子に腕《うで》を引かれるがままに歩き出した。

ショッピングモールを、璃子は無言で、ただただ出口へと進んだ。その途中《とちゅう》、ずっとひっぱられていた諒一が「璃子」と名前を呼んできて、慣《な》れ親《した》しんだその声で、頭の中にかかっていた霧《きり》が少しだけ晴れたような感覚になった。

諒一の腕《うで》を離《はな》して、璃子は立ち止まった。のろのろと諒一を振《ふ》り返《かえ》り、できるだけ自然に見えるように笑ったつもりだったが、諒一の顔が不安げに揺《ゆ》れたので、どうやら自分は失敗したらしいと悟《さと》る。

「ごめんね、諒一。付き合ってもらったのに、イヤな思いさせちゃって」

「いや、それは璃子が謝《あやま》ることじゃ……。それより、大丈夫《だいじょうぶ》か？　――って、大丈夫なワケないか……」

諒一が、もごもご言葉を探す。冷静な幼なじみらしくない姿《すがた》に、璃子はますます、自然な笑《わら》い方《かた》がわからなくなった。

「まさか、こんなことになっちゃうなんてね。すごくない？　彼氏の誕生日プレゼント買いにきて、彼氏の浮気が発覚なんて、マンガみたいだよね。でも、理由がわかって、ちょっとスッキリしたかも。晴輝が冷たかったのは、こーゆーことだったんだ。バカみたいだね、あたし」

「璃子……」

「諒一にも、ヘンなとこ見られちゃった。ごめんね、忘れて！　もう帰ろっか」

そう言って、璃子が出口に向かって歩き出したときだった。

「待てよ」

そんな声が聞こえたかと思うと、ぐいっと体がうしろによろけた。手を、うしろから諒一につかまれたのだ。

「りょう――」

「3つのお願い、まだ1つしか聞いてもらってない」

一瞬《いっしゅん》、なんの話かわからなかったが、3秒遅《おく》れて、フードコートで璃子の持ち出した提案のことを言っているのだと気づく。遅刻《ちこく》したお詫《わ》びに、3回、諒一の言うことをなんでも聞くと約束《やくそく》した。1回は、カレーをごちそうしたことでチャラになっている。残りは2回だ。

「あ、そっか。そうだね。わかった、何か欲しいものある？　買っていく？」

気がまぎれるなら、なんでもよかった。諒一の買い物に付き合うことで、今さっき目にした光景を忘れられるなら。

しかし、諒一ははっきりとした口調で言った。

「ものはいらない。言うことなんでも聞くっていうのは、ものじゃなくてもいいんだろ？」

「まぁ、あたしにできることなら――」

「別れて」

璃子の返事をさえぎるように、諒一が言う。璃子がまばたきを忘《わす》れている間に、諒一が、璃子の手をいっそう強く握《にぎ》りしめた。ぬくもりを、分かち合おうとするかのように。

「なんでも言うこと聞くっていうなら、あいつと別れて。それが2つめ。3つめは――俺と付き合って」

今度こそ、璃子は目を見開いた。

つないだ手の先、真剣な瞳《ひとみ》が見つめ返してくる。それは、どう考えても冗談《じょうだん》を言っているまなざしではなくて、からかっている表情でもなかった。

「諒一……。本気……?」

「俺は、ずっと本気だったよ。璃子が知らない間も、ずっと。でも、璃子が彼氏のことを好きで付き合ってるなら……それが璃子の幸せなら、俺は自分の気持ちを黙《だま》っていようと思った。でも、今日よくわかった。あいつじゃ、璃子を幸せにできない。だから、別れて。俺のほうが、璃子を笑顔《えがお》にできる。璃子、俺と付き合って」

とくん、とくん、と、つないだ手から諒一の鼓動《こどう》が璃子に伝わってきた。心なしか早い諒一の鼓動に、璃子の鼓動が重なってゆく。それはとてもあたたかくて、ほっとする感覚だった。

本当は、ずっと、こんな穏《おだ》やかな時間を大切な人と過ごしたいと思っていた。今はそんな気がする。

「諒一、あたし——……」

新しい夏がやってくる。

飛んでゆけ、恋。

すうっと、手から離れた紙飛行機が、窓《まど》の外を飛んでゆく。その軌《き》跡《せき》を目で追っていると、心が軽くなってゆくのがわかった。

「また紙飛行機、飛ばしてんの？」

うしろから投げかけられた声に莉《り》緒《お》が振《ふ》り返《かえ》ると、クラスメイトの川《かわ》畑《ばた》隆《たか》行《ゆき》が立っていた。身長１８０センチ、柔《じゅう》道《どう》部《ぶ》の隆行が間近に立つと、ふっと影《かげ》が落ちたようになる。もっとも、莉緒には慣《な》れっこだったが。

そんな隆行が、いかつい顔を窓《まど》の外に向けた。たった今、莉緒が飛ばした紙飛行機が、まだ校庭の上空を漂《ただよ》っている。

「今日は、何を飛ばしたんだ？」

「さっきの小テスト。４点だったから忘れようと思って」

「4点？　俺でも6点だったんだぞ」

「だから忘れようとしてるんでしょ！」

莉緒が叫《さけ》んだ直後、紙飛行機が木の陰《かげ》にすいっと消えた。同時に、莉緒の胸《むね》につかえていたものが、すっと消える。

「これでよし！　お昼食べよっと！」

「相変わらず能天気《のうてんき》だなぁ……」

隆行の苦笑《くしょう》など意にも介《かい》さず、すっきりとした顔を上げた莉緒は食堂へと向かった。

紙飛行機を飛ばすのは、莉緒のルーティーンだ。何かイヤなことがあったとき。忘れたいことが起きたとき。それを紙に書いて――もしくは、点数の低かった答案をそのまま――紙飛行機にして窓《まど》から飛ばす。そうすれば、紙飛行機が軽やかに空を渡《わた》っていくように、莉緒の気持ちも軽く浮上《ふじょう》するのだった。

「文化祭、もうすぐだな」

「だねー。わたし、喫茶店《きっさてん》やるのって初めてだから、楽しみ」

食堂で向かい合ってランチを食べながら隆行と雑談《ざつだん》していた莉緒は、はっと、パスタを巻《ま》いていたフォークを止めた。その視線が、ある場所に定まって固まったことに気づいた隆行が、肩越《かたご》しに振《ふ》り返《かえ》る。やがて、その口から、「あぁ……」と合点《がてん》のいったらしい声がこぼれた。

「葛城《かつらぎ》先輩か」

そのつぶやきを聞きとめた莉緒が、ぴくっと肩《かた》を震《ふる》わせる。

葛城湊《みなと》。莉緒が想いを寄《よ》せている3年生が、食堂に入って来たのだ。友人らしき男子たちと談笑《だんしょう》しながらも、ときおり真剣《しんけん》な表情で日替《ひが》わりのメニューボードを見つめている。

その横顔を遠目に眺《なが》めて、はぁ……と莉緒は吐息《といき》をこぼした。

「やっぱりカッコいい、葛城先輩……」

「だったら告白すればいいじゃん」

「わかってるよ！　だから、わたしは、文化祭にかけてるの！」

隆行に言い返して、莉緒はグッと拳《こぶし》を握《にぎ》りしめた。

莉緒たちの通うこの高校には、「伝説」がある。「文化祭で誕生《たんじょう》したカップルは、ずっと別れない」というものだ。「そんなの根拠《こんきょ》ないじゃん」「七不思議《ななふしぎ》みたいなものでしょ？」と笑《わら》う生徒もいるが、恋をしている生徒のなかには、この「伝説」に勇気《ゆうき》をもらって、文化祭での告白に踏《ふ》み切《き》る者も多かった。

そして、今年は莉緒も、この「伝説」にあやかろうと決めていた。

「紙飛行機といい、『伝説』といい、根拠《こんきょ》のないものに頼《たよ》るのが好きだよな、莉緒。占《うらな》いとか、おまじないとかも好きだろ」

「全然違う！　告白は、ちゃんと自分の力でするんだから。大丈夫《だいじょうぶ》！　絶対、成功させる！」

「まぁ、張りきるのはいいけど、空回りするなよ……」

グッとフォークを握《にぎ》りしめて瞳《ひとみ》に炎《ほのお》を宿《やど》らせる莉緒を、隆行は心配そうに眺《なが》めていた。


一週間後に迫《せま》った文化祭の準備に、莉緒は奔走《ほんそう》した。莉緒と隆行のクラスでは、和装《わそう》カフェをオープンすることになっている。生徒が和装して接客するというコンセプトで、教室の飾《かざ》りもすべて和風だ。和柄《わがら》の布をテーブルクロスにしたり、壁《かべ》に日本画風の絵や和雑貨を飾《かざ》ったりと、ふだんと違《ちが》う教室になってゆくのも楽しい。

何より、憧《あこが》れの先輩への告白をひかえている莉緒は、自分が告白することになる文化祭そのものをいいものにしたいという思いが強く、誰よりも気合いが入っていた。

「莉緒ちゃん、こっちもお願いできるー？」

「はーい！　すぐ行く！」

「ねぇねぇ！　誰か、ちょっと実行委員会のほう行ってきてもらえない？」

「あ、じゃあこっち終わったら、わたし行ってくるよ！」

クラスの誰よりもヤル気に満ちあふれていた莉緒は、率先《そっせん》して、あちらへこちらへと走り回った。隆行が「手伝おうか？」と言っても、「大丈夫《だいじょうぶ》！　ありがとう！」と、ふたたび駆《か》け出《だ》してしまう。隆行はその背中を、やれやれと言わんばかりの表情で見送る。

「よっしゃ、完成ー！」

やがて、クラスの誰かの声に続いて、わあっと歓声《かんせい》が上がった。莉緒たちのクラスは、ありふれた教室から一転、和モダンなカフェへと様変《さまが》わりしていた。

「それじゃあ、明日は8時半集合で。自分のシフト、確認《かくにん》しておいてくださーい」

「はーい」と、みんなの声に合わせて莉緒も返事をして、すがすがしい表情を浮《う》かべた。

明日と明後日は、いよいよ文化祭。葛城先輩には明日、告白しよう。そうしたら、もしかしたら2日目の文化祭を先輩と2人で回れるかもしれない。

そんな妄想《もうそう》にニヤける頰《ほほ》を、莉緒は両手で押《お》さえた。

翌朝《よくあさ》。目が覚めた瞬間《しゅんかん》、莉緒は全身のだるさを感じた。睡眠《すいみん》が足りなかったのかな……と、ぼーっとする頭で考えながら支度《したく》を整えて部屋を出ると、台所に立っていた母親が、「莉緒、顔が赤いわよ」と目を丸くした。莉緒の額《ひたい》に手の平をあてて、ますます母親が目を大きくする。

「あらあら、熱あるじゃない。体温を計ってみなさい」

体温を計ると、「38・5℃」という数字が表示されている。

「え？　えっ、ウソでしょ？　でも全然大丈夫だから、学校には行くよ」

「何を言ってるの⁉　文化祭は、あなただけのものじゃないでしょ？　ほかの人に風邪でもうつしたらどうするの？」

有無《うむ》を言わせぬ母親の表情に押《お》し負《ま》けて、莉緒はすごすごと自室に戻《もど》った。制服からふたたびパジャマに着替《きが》えてベッドに入ると、やはり熱のせいか、一気に体が布団《ふとん》にへばりつくように重くなった。それでも、クラスの代表に、熱が出てしまって欠席する旨《むね》の連絡をしなければならない。莉緒がカフェのシフトに入れないぶん、調整が必要になるはずだ。

だるい体をベッドに横たえたまま、スマホを操作《そうさ》してクラスの代表にメッセージを送る。すぐに既読《きどく》マークがついて、「マジか！」と返事があった。それでも、「こっちはなんとかするから大丈夫《だいじょうぶ》！　お大事にね」と返してくれる優しさに、うっかり涙《なみだ》がこぼれそうになる。「明日は行けるようにする！」と、自分の期待もこめて送ってから、莉緒は布団《ふとん》に引きずりこまれるようにして眠《ねむ》りについた。

眠りに落ちるか落ちないか、というところで、いつか隆行に言われた「空回りするなよ」という言葉が思い出されて、悲しいような悔《くや》しいような気持ちになった。

莉緒の願いが通じたのか、1日ぐっすり眠ったおかげで、熱は翌日《よくじつ》には下がっていた。心配する母親をよそに家を出た莉緒は、文化祭2日目を迎《むか》える学校へと急いだ。今日こそは、葛城先輩に告白するんだ。そんな決意を胸《むね》に。

「莉緒ちゃん！　体調は大丈夫《だいじょうぶ》なの？」

「うん、もう全快《ぜんかい》！　昨日は休んじゃって、ごめんね。今日は昨日の分まで働くから！」

友人たちにガッツポーズを見せて、莉緒はシフトに入った。和装《わそう》カフェは昨日から評判《ひょうばん》を呼《よ》んでいるらしく、今日も午前中から客が絶《た》えない。莉緒は袴姿《はかますがた》になって接客を担当し、隆行も、大きな体を窮屈《きゅうくつ》そうに折《お》り曲《ま》げながら、裏方《うらかた》としてドリンクや軽食の準備に奔走《ほんそう》している。

はじめはカフェの仕事に夢中《むちゅう》になっていた莉緒だったが、シフトが終わる時間が近づくにつれて、そわそわと落ち着かない気分になってきた。休憩《きゅうけい》時間に入ったら葛城先輩を探して告白しようと決めていたのである。うまくいけば、少しでも先輩と一緒に文化祭を回れるかもしれない。だから、少しでも早く、先輩に伝えたかった。

「莉緒ちゃーん、休憩《きゅうけい》入っていいよー」

「はーい！　じゃあ、あとよろしく！」

着替《きが》えもせずに、莉緒は教室を出た。袴姿《はかますがた》で歩けばカフェの宣伝になるからと、クラスの代表から言われているし、せっかくの和装なので莉緒ももう少し着ていたい。もしかしたら、葛城先輩がときめいてくれるかもしれない。そんなことを考えながら、葛城先輩の姿《すがた》を探す。

学外からの来客も多い文化祭、ときおり和装カフェの宣伝《せんでん》をしながら、人混《ひとご》みをかき分けて校舎内《こうしゃない》を歩き回る。先輩が今どこにいるかもわからない状態では闇雲《やみくも》もいいところだが、早く気持ちを伝えなきゃ、という思いだけが莉緒を突《つ》き動《うご》かしていた。

「先輩、どこだろ……」

しばらく歩き回ってから、莉緒はため息をついた。もう校内のほとんどを探したはずだが、やはり、この人混《ひとご》みのなか、1人の人間を探して走り回るのは無茶《むちゃ》なのかもしれない。

それでも、あきらめるわけにはいかない。莉緒がふたたび廊下《ろうか》を歩き出そうとした、そのときだった。

「きゃあぁぁぁっ！」

甲高《かんだか》い悲鳴が上がって、あたりがざわめいた。莉緒も、何事かと周囲を見回し、すぐにわかった。近くの教室に「お化《ば》け屋敷《やしき》」の看板《かんばん》が出ていたのだ。そういえば、クラスメイトたちが、「なかなか本格的だったよ」と言っていた。時間があったら行ってみたいな、と、莉緒が思った直後である。そのお化け屋敷から、葛城先輩が現れた。

「あ、先輩――」

しかし、すぐには声をかけられなかった。

葛城先輩に続いて、お化け屋敷から1人の女子生徒が出てきたかと思うと、そのまま、葛城先輩の腕《うで》にギュッとしがみついたのである。

しがみつかれた葛城先輩は、思わず頬《ほほ》がゆるんだような笑顔《えがお》を女子生徒に向け、女子生徒はそんな葛城先輩を見つめて、はにかんだ笑顔になる。手をつないだ2人はそのまま楽しげに語らいながら廊下《ろうか》を歩いてきて、莉緒とすれ違《ちが》った。

声をかけることは、できなかった。葛城先輩の視界に自分が入っていないことは——隣《となり》の女子生徒しか見えていないのだろうことが、すれ違《ちが》った瞬間《しゅんかん》にわかったからだ。

そのとき、どこからかこんな会話が聞こえてきた。

「葛城くん、さっきの子と付き合い始めたらしいよ。1年生だって」

「聞いた聞いた！　昨日、彼女のほうから告白したんでしょ？　文化祭の『伝説』っていうのに、あやかりたかったんだろうね—。てゆ—か葛城くん、ああいうコがタイプだったんだ」

近くにいる女子たちの話が、妙《みょう》に空虚《くうきょ》に莉緒の耳をすり抜《ぬ》けてゆく。

気がつけば、莉緒は廊下を駆《か》け出《だ》していた。慣《な》れない袴《はかま》に足がもつれそうになり、草履《ぞうり》が脱《ぬ》げそうになるが、文化祭のにぎわいに耳を閉ざして、ただただ廊下《ろうか》を走り続けた。途中《とちゅう》で誰かの肩《かた》にぶつかったが、足を止めるわけにはいかなかった。止まったら、その瞬間《しゅんかん》、視界をにじませているものが瞳《ひとみ》からこぼれ落ちてしまうとわかっていたから。

何かに救いを求めるように、莉緒は屋上に飛び出した。文化祭中の屋上には、人っ子一人いない。今の莉緒にとっては好都合《こうつごう》だ。

飛びつくように手すりをつかんだとたん、こらえ続けていたものがボロボロっと下まぶたを乗《の》り越《こ》えてこぼれ落ちた。しかし、声を上げて泣くわけにもいかず、「ふ、ぅ……っ！」という苦しげな息が唇《くちびる》の隙間《すきま》からこぼれ出ただけだった。

先を越《こ》された……。休んでいる間に、別の女子に告白されてしまった。自分とは違《ちが》う、ふわっとした感じの女の子だった。ああいうコがタイプだったなら、告白したところで最初から自分には望みなんてなかったかもしれないけど、それでも、気持ちを伝えたかった。失恋するなら、せめて、面と向かって失恋したかった。そうすれば、声を上げて泣くことだってできたのに。

「もう、伝えることも、できないじゃん……」

伝えることも、捨てることもできない想いは、どうすればいいんだろう。ギュッと胸《むな》もとで手の平を握《にぎ》りしめた莉緒は、そこにあった感触《かんしょく》にハッとした。着物のふところから取り出したそれは、カフェで注文をとるときに使っていたメモ帳とペンだ。

スッキリするには、これしかない。衝動的《しょうどうてき》に、莉緒はペン先をメモ帳に走らせた。

――先輩のことは、きれいサッパリあきらめる！

そう書いたメモ用紙を切り離し、いつものように紙飛行機を折《お》る。それを屋上から思いっきり飛ばそうと、手すりに手をかけて莉緒は身を乗り出した――が、いつもはするっと飛ばせるはずの紙飛行機が、今日は、指に貼《は》りついてしまったかのように手放すことができない。

これじゃあ、先輩への想いを断ち切れない……。

飛ばしてしまいたい。こんなに悲しくて、つらくて、痛《いた》い気持ちは忘れてしまいたい。なのに、先輩を好きだった気持ちをなかったことにはしたくないという矛盾《むじゅん》した思いが、莉緒の体を動かなくさせる。

「もう、やだ……」

ぬれそぼった声で莉緒がつぶやいたときだった。

「待て、早まるなっ！」

バンッと扉《とびら》の開く音がしたかと思うと、空気を裂《さ》くような大声が屋上にとどろいた。ビクッと肩《かた》を震《ふる》わせた莉緒が振《ふ》り返《かえ》ると、そこには、肩《かた》で息をする隆行が立っていた。

「え……」

「さっき、泣きながら走ってくのが見えて、気になって追いかけてきた。とにかく、早まるな！　何があったか知らないけど、飛び下りなんてやめろ！」

青ざめている隆行の顔を、莉緒はぽかんと見つめ返した。隆行が、切羽詰《せっぱつ》まった勘違《かんちが》いをしているのは間違《まちが》いない。

「と、飛び下りたりなんかしないよ！　紙飛行機を飛ばそうとしてただけ！」

「……へ？」と、隆行が一拍《いっぱく》おいて、間《ま》の抜《ぬ》けた声をこぼす。それからしばらくして、「なんだよ……。焦《あせ》らせるなよ……」と、上半身をかがめて、心の底から安堵《あんど》したようにつぶやいた。

その様子から、本気で心配してくれたことがわかる。

「ありがとう……。心配してくれて……」

莉緒が言うと、無言でうなずいた隆行が隣《となり》に並《なら》んだ。しばらく並んで手すりに腕《うで》をのせ、ぼんやりと遠くの空を眺《なが》める。

「わたし、失恋しちゃった」

その言葉は驚くほど簡単に、莉緒の口から滑《すべ》り出《で》た。

「葛城先輩に告白しようと思って、探しにいったの。そうしたら、1年の女の子とお化《ば》け屋敷《やしき》から出てくるとこ見ちゃってさ。昨日、女の子のほうから告白して、付き合い始めたんだって。わたしが熱出して休んでる間に、先輩には彼女ができてたの。バカだよねぇ。文化祭で告白してカップルになったら別れないなんて『伝説』にこだわりすぎたせいで、先を越《こ》されて失恋しちゃうなんてさ。ゲンなんかかつがないで、さっさと告白しておけばよかった。あ、でも、わたしが告白しても、最初から可能性なんてなかったかもしれないけどさ」

あはは、と、莉緒は自嘲的《じちょうてき》に笑《わら》う。しかし、隣《となり》でじっと聞いていた隆行は、それを笑ったりはしなかった。それが、莉緒にはありがたい。今、莉緒が欲しいのは、「元気出せよ」なんて言葉ではないことを、隆行はわかってくれているのかもしれなかった。

だから、今だけは、その無言に甘《あま》えたくなった。

「わたし、先輩のこと、ほんとに好きだったんだぁ……」

手すりにあごをのせて、莉緒はつぶやいた。

「カッコいいし、優しいし、後輩の指導も丁寧《ていねい》だし……。それに、ときどき無防備《むぼうび》なんだよね。

前に、先輩が図書室でうたた寝《ね》してるの見かけちゃってさ。声なんかかけられなかったけど、その寝顔を見てたら、やっぱり好きだって思った」

「ふぅん……そっか」

「でも、失恋は失恋。だからね、いつもみたいに紙飛行機に書いて飛ばしてスッキリしようと思ったんだけど……。なんか、飛ばせないの。なんでだろ？　とっくに失恋しちゃってるのにさ。バカみたいだよね」

バカみたいだよね……と、もう一度つぶやきながら、莉緒は小さな紙飛行機を指先でもてあそんだ。その手もとをじっと見ていた隆行が、何かをこらえるように目を細めた。その目が、ふっと閉じられて、そして決意とともに開かれる。

「じゃあ、俺も飛ばそうかな。紙飛行機」

「え？」

意外な言葉に、莉緒は振《ふ》り返《かえ》った。その目の前に、隆行が「ん」と手を差し出してくる。

「俺もちょうど、スッキリしたいことがあったんだ。紙とペン、貸してくれよ」

「あ、うん……。いいけど……」

とまどいながら、莉緒はメモ帳とペンを差し出した。受け取った隆行がメモ帳を開いて、ペンを走らせる。そのページをちぎった隆行は、無骨《ぶこつ》な手でちまちまと紙飛行機を折《お》った。

「よし、できた」

「なんか、ヘタだね」

隆行が顔の高さに持ち上げた紙飛行機は、左右の翼《つばさ》の大きさが微妙《びみょう》に違《ちが》ったり、ゆがんでいたりと、まるで子どもが折ったような仕上がりだ。体の大きな隆行は手も大きいので、細やかな作業は不得意なのだろう。

「まあ、飛びさえすれば一緒《いっしょ》だろ」

「飛びさえしないんじゃない、それ……」

「とにかく、俺も飛ばすから、そっちも飛ばせよ。そうしたら、スッキリするだろ」

そう言った隆行が、大きな手で小さな紙飛行機を構えて屋上から身を乗り出し、雲に狙《ねら》いを定めた。やがて、「とうっ」というコミカルな掛《か》け声《ごえ》とともに隆行が放った紙飛行機は、雲に向かって空高く――とはゆかず、急なUターンを描《えが》いて戻ってきたかと思うと、隆行の隣《となり》に立っていた莉緒の額《ひたい》に直撃《ちょくげき》した。

「いたっ」

「ごめん！」

額を押さえる莉緒の姿《すがた》に、隆行が目を見開く。「ごめん！　マジでごめん！」と隆行は泡《あわ》を食っているが、所詮《しょせん》はメモ帳で折った紙飛行機なので、額に当たったところでそれほど痛《いた》くはない。

「大丈夫《だいじょうぶ》、大丈夫」と言いながら、莉緒は足もとに落ちた隆行の紙飛行機を拾い上げた。折り方がイビツだったから、まっすぐ飛ばなかったのだろう。拾い上げた紙飛行機は左よりも右の翼《つばさ》のほうが大きくなっていて、そこに、紙の内側に書かれた文字の一部がはみ出していた。ただ、大半が内側に折り込《お》《こ》まれているので、読み取れるのは「める」という2文字だけだ。

そこにすかさず、隆行が手を伸《の》ばしてきた。

「おい、見るなよ」

珍《めずら》しく、隆行の声に焦《あせ》りの色がにじんでいる。それを察知《さっち》した莉緒の中に、イタズラ心が首をもたげた。

「いいじゃん、ちょっとくらい。いつも、わたしが飛ばしてるのだって見てるでしょ！」

「いや、それとこれとは話が……！」

隆行の声がますます焦《あせ》る。それを無視して、莉緒は紙飛行機を開きにかかった。「おいおいおい！」と、隆行が腕を伸ばしてきて強引に紙飛行機を奪《うば》おうとするが、莉緒はくるっと背中を向けてガードし、急いで紙飛行機を開く。「あぁ、もう……」と、隆行があきらめたような声をこぼすのと、莉緒の手の中で紙飛行機がほどけるのとは、ほぼ同時だった。

「……え？」

そこに書かれていた、隆行らしい無骨《ぶこつ》な文字に、莉緒は目を奪《うば》われた。

——里中莉緒への想いをあきらめる

「……え？　え？」

紙飛行機から隆行のほうに莉緒が目を向けると、手の平で口もとを覆《おお》った隆行が、瞳《ひとみ》を右往《うおう》左往《さおう》させていた。顔の大半が隠《かく》れていても、真っ赤になっていることがわかる。

「莉緒が、葛城先輩のことを、あきらめられなそうだから……。今はムリかなって……」

「え、待って……。隆行、わたしのこと……好きって、こと？」

莉緒のストレートすぎる質問は、隆行にクリーンヒットしたらしい。これ以上赤くなるはずないと思うくらいに赤かった隆行の顔が、「これ以上」に赤くなった。

大きな体が、その場に座《すわ》り込《こ》む。ひざを抱《かか》えて顔をうずめてしまった隆行が、はぁー……と大きな背中を上下させて息を吐《は》き出《だ》す。隆行が、こんなに小さく見えたのは初めてだ。

「これって決めたら一生懸命《いっしょうけんめい》になりすぎて、まわりが見えなくなるとこ、ほんと変わんないよな。自分の恋愛に夢中になって、俺の気持ちなんか、気づかなかっただろ？」

「う……」

「俺がどんな気持ちで莉緒の話を聞いてたか、わかる？『葛城先輩、カッコいい！　絶対告白する！』って。『告白するな』とも言えないし、だからって応援《おうえん》したくもないし……そういう俺の気持ち、わかる？　今日だって、着物姿《きものすがた》かわいいなって思いながら見てたの、気づいてないだろ。しかもその格好《かっこう》で告白しに行くとか言ってるし……。言っとくけど、俺、めっちゃ焦《あせ》ったんだからな」

「え、えっと……ごめん……？」

なぜか、しだいに開き直ってきた様子の隆行にまくしたてられて、莉緒はまだ状況がのみこめないまま、ひとまず謝《あやま》る以外のことを思いつけなかった。

まごつく莉緒の前に、隆行が立ち上がる。隆行の影が、莉緒の顔に落ちる。もう、文化祭の喧《けん》騒《そう》は耳に届《とど》かなくなっていた。

「責任、とってくれよ」

「え?」

「俺にこんな想いをさせた責任、とってほしいんだけど」

ドキン、と、合わせた襟《えり》の奥で、心《しん》臓《ぞう》が跳《は》ねた。じっとこちらを見つめてくる隆行の顔を見ていられなくなって、思わず背中を向けてしまう。

葛城先輩のことが好きだった。隆行のことを、そういうふうに考えたことは一度もなかった。でも、隆行が自分のことを好きだったということには、ひどくドキドキする。これじゃあ、気が多い女みたいだ。でも——好きと言われてドキドキしない女の子なんて、きっといない。

今はまだ、わからない。隆行に何を言えばいいのか、隆行との関係がどうなるのか。

それでも、今なら。そんな気がして、莉緒は紙飛行機を空へと向けた。今度こそ、莉緒の手を離れた小さな紙飛行機は、新しい風にのって空高く舞《ま》い上《あ》がっていった。

恋色の雨

「瑠那《るな》……あんた、さっきからずっとキモチワルイよ？」

「ほぇ？」

友人から向けられたあんまりな一言に、瑠那は読んでいた雑誌から目を上げた。その口もとは、完全にニヤけきっている。それを見た友人が、あきれたように深々とため息をついた。

「まぁ、初カレができて浮《う》かれる気持ちもわかるけどさ……」

「そうだよ！　あの菅《すが》先輩が告白してくれたんだよ!?　今くらい浮かれてもバチは当たらないでしょ!?　むしろ、今のあたしが浮かれなくていつ浮かれるのって感じでしょ!?」

苦笑《くしょう》した友人に「ハイハイ」とおざなりな返事をされても、今の瑠那には気にならない。なんたって今、瑠那は、17年間の人生において最高に幸せなのだから。

17年と3ヵ月の人生で、初めて瑠那に彼氏ができた。相手は、同じ高校の先輩である菅孝人《たかひと》だ。吹奏楽部《すいそうがくぶ》でトランペットを担当している孝人は、2年生のときからソロを任《まか》される実力者で、入学式や文化祭といったイベントのステージでは、常《つね》に目立つ存在だった。音楽の知識をまったく持ち合わせていない瑠那の耳にも、孝人が奏《かな》でる高く澄《す》みきったハイトーンは、夢《ゆめ》の調べのように聞こえた。

だから、そんな憧《あこが》れの先輩から告白されたとき、本当に夢《ゆめ》なんじゃないかと瑠那は思った。

「2年の小崎《おざき》瑠那ちゃん、だよね？　いつも、吹部《すいぶ》の演奏を聴《き》いてくれてるでしょ？　じつは、小崎さんのこと、ステージからよく見えてたんだ。最初は、熱心に聴《き》いてくれるコがいるな、あのコ、前にもああやって聴いてくれたな、っていう感じだったんだけど、気づいたら、小崎さんのことを毎回ステージから探すようになってた。見つけたら、嬉《うれ》しいんだけどヘンに緊張《きんちょう》したりして……。俺、いつの間にか、小崎さんを好きになってたみたいなんだ。

俺、3年だし、来年は卒業だから、この先どうなるかわからないけど……それでも、俺は小崎さんと付き合いたいです。お願いします」

小学生のときから少女マンガを読みすぎたせいで、とうとう憧《あこが》れの先輩を相手に、こんな夢《ゆめ》まで見るようになったのか……と一瞬《いっしゅん》思ったが、どうやら、夢ではなかった。

瑠那が真っ赤になりながら、「よっ、よろしくお願いしますっ！」と返事をすると、大きく息を吐《は》いた孝人が満面《まんめん》の笑《え》みを浮《う》かべて瑠那の手を握《にぎ》ってきた。そのときの孝人の手が温かいどころか熱いくらいで、しびれる頭の片隅《かたすみ》で、あぁ現実なんだ、と瑠那は思った。

そんな少女マンガ顔負けの告白を受けてから、２週間。学校が休みの日にも、こうして親友相手の「勉強会」に余念《よねん》がない瑠那である。

「あっ、このカフェもかわいい！」

雑誌のページを指さして、瑠那は弾《はず》んだ声を上げた。

「やっぱりデートは、こういうかわいくてオシャレなとこに行きたいよねー。あっ！　ねぇ見て見て、ハリネズミカフェだって！　超《ちょう》かわいいんですけどー！」

「なんか瑠那、最近、オトメに磨《みが》きがかかってない？」

瑠那の正面でリンゴジュースを飲みながら、長い付き合いの親友が目を細めた。しかし、指《し》摘《てき》された瑠那自身には、そんな自覚はない。

「だって、好きな人とはラブラブでいたくない？　こういうカフェに行くのもいいし、遊園地にも行ってみたいし。そしたら、夜の観覧車《かんらんしゃ》はマストだよね！　歩くときだって腕《うで》を組《く》んで歩いたり、ごはん食べるときは『あーん』ってしてあげたり、してもらったり。それで、『ほっぺたについてるぞ』なんてされちゃったりして……！」

思わず、ユルんだ笑《わら》い声がもれてしまう。もちろん、自分が今どれだけユルみきった表情をしているのか、瑠那には知る由《よし》もない。

「あ、あとね！　おそろいのグッズも欲しいんだー。ストラップとか、カードケースとか、マグカップとか。でも、ゆくゆくは、ペアアクセサリーが欲しいなぁ。ある日、急にプレゼントされちゃうの！　『これで俺たち、ずっと一緒《いっしょ》だよ』とか言って！」

きゃあぁっと、両手で頬《ほお》を挟《はさ》んだ瑠那が、ひとりで歓声《かんせい》を上げて身をくねらせる。

「すごい妄想力《もうそうりょく》だね……」

親友のそんなつぶやきは、今の瑠那には聞こえない。

「今度また菅先輩とデートするんでしょ？　2回目？」

「うん。吹奏楽部《すいそうがくぶ》とバレー部じゃ、終わりの時間が違《ちが》うから、なかなか放課後は一緒《いっしょ》に帰れなくて……。土曜日に、映画に行くの」

「何を観るの？」

「恋愛ものでっす！」

ピースサインを作った瑠那に、親友は「ですよねぇ」と、あきれなのか感心なのかわからない表情を向ける。しかし、また雑誌に視線を落としていた瑠那は、親友のそんな表情を見てはいなかった。

土曜日は何を着て行こう。メイクもがんばらないと。先輩、お昼は何を食べたいかな……。

あぁ、それから、天気予報もしっかりチェックしなくっちゃ。

瑠那の頭は、すでに週末のデートのシミュレーションで、忙《いそが》しくなっていた。


待ちに待った土曜日は、朝からやまない雨になった。メインは映画なので、天気はあまり関係ないが、待ち合わせ場所にした駅から映画館までは、雨のなかを歩いて行くことになる。

「せっかくのデートなのに、また雨か……」

駅の軒《のき》から空を見上げてつぶやいたのは、孝人だ。

「こないだの初デートも、雨だったよね。俺、雨男《あめおとこ》じゃないはずなんだけどなぁ……」

「菅先輩は、晴れ男ってイメージですよね？」

そう応じた瑠那に、くるりと孝人が目だけを向ける。その視線に瑠那がドキリとしたのもつかの間、孝人がイタズラっぽく笑《わら》った。

「もしかして、瑠那ちゃんが雨女《あめおんな》だったりして」

「えっ……」

どういう意味だろう。とっさに、どんな顔をすればいいのか、わからなくなった。

それに気づいたのか、孝人がイタズラっぽい笑《え》みをひっこめる。

「ごめん。イヤなこと言っちゃったかな……？」

「あ、いえ……！　大丈夫《だいじょうぶ》です！　それより、早く行きましょ。映画、始まっちゃう」

「そうだね。じゃあ、はい」

バサッと傘《かさ》をさした孝人が、それを軽く瑠那のほうにかたむけた。ふたたび鼓動《こどう》を高鳴らせて、瑠那は孝人の隣《となり》に並《なら》ぶ。同じ傘《かさ》に入るためには、肩《かた》と肩《かた》が触《ふ》れ合《あ》うくらいまで近づかなければならない。うっかり肩《かた》が触《ふ》れてしまえば、そこからドキドキが孝人に伝わってしまうんじゃないかと思うと、ますます鼓動《こどう》は速まるばかりだ。

——うるさい鼓動《こどう》に気づかないで。だけど、離れていかないで。

矛盾《むじゅん》した恋心に翻弄《ほんろう》されるなんて、まるで、女の子が大好きな物語の主人公みたい。

そんなことを思いながら、瑠那は雨の降《ふ》る道行きを、大好きな彼氏に委《ゆだ》ねた。


その次の週末。今度は、動物園デートの約束《やくそく》をしていたのだが——

「まさか、また雨なんて……」

「続いちゃいますね……」

ぽつり、ぽつりと、雨のカーテンの間をぬって、2人の口からつぶやきが足もとにこぼれ落ちる。

「やっぱり瑠那ちゃん、雨女なんじゃない？」

「えぇ、ごめんなさい……」

苦笑《くしょう》まじりの孝人の言葉に、瑠那がしゅんとなったとき、ポンポンと頭の上を何かが弾《はず》んだ。

「うそうそ。そんなことないよ」

その言葉で、ようやく孝人に頭をポンポンされているのだと気づく。

これは、子ども扱《あつか》い？　いや、それとも、恋人の証拠《しょうこ》？　そんなことをグルグル考えているうちに優しいポンポンが離れていって、とたんに惜《お》しい気持ちが込《こ》み上《あ》げてくる。でもさすがに、「もう少しなでていてください」とは言えない。

「でも、どうしようか」

瑠那をなでるのをやめた手で額《ひたい》に庇《ひさし》を作った孝人が、分《ぶ》厚《あつ》い雲におおわれた空を見上げる仕《し》草《ぐさ》をした。

「雨だと、動物園に行ってもつまらないかな？　屋内で遊べそうなところを探そっか？」

「でっ、でも、雨だから、そういうとこ混《こ》んでるんじゃないですか？　あたしは、雨の動物園もすてきだと思います！　屋内展示もあったはずだし、それにきっと、すいてますよ」

にこっと笑った瑠那に、孝人が不意をつかれた顔をする。やがて、その顔にも、つられるように微笑《ほほえ》みが宿った。

「それじゃあ、予定どおり動物園にしよう。俺も、瑠那ちゃんが一緒《いっしょ》なら、それだけで『すてきだと思います』」

「え……」

今度は瑠那が不意《ふい》をつかれる番で、今日もまた「はい」と孝人が差し向けてくれた傘《かさ》の下、一気に顔が赤くなるのがわかった。

＊

休み時間、瑠那はスマホを使って週間天気予報をチェックしていた。今日は月曜日。このまいけば、水曜日には雨が降りそうだ。

「やっぱり水曜日、雨みたい」

瑠那のつぶやきを聞いた親友が、「あぁ」と何かに気づいたふうにつぶやいて、頬杖《ほおづえ》をついた。

「水曜日、菅先輩と一緒《いっしょ》に帰るんだっけ？　バレー部が休みで、先輩も吹部《すいぶ》が早めに終わるからって」

「うん。初めての放課後デートなんだぁ」

「しっかし、憧《あこが》れのデートのために、ここまでしますかねぇ……」

頬杖《ほおづえ》をついたまま、親友がため息まじりに、瑠那の机《つくえ》からそれを持ち上げた。

「てるてる坊主《ぼうず》なんて見るの、幼稚園《ようちえん》ぶりだわ」

「かわいいでしょー。ティッシュだと破《やぶ》れやすいから、布《ぬの》で作ってみたの！」

そう言って、瑠那がカバンからそのマスコットをはずして持ち上げた。

ぶらんと揺《ゆ》れた白いてるてる坊主《ぼうず》は、破れたりちぎれたりしないよう試行錯誤《しこうさくご》して作った、丈夫《じょうぶ》な一点ものである。ぶらさげると、自然と頭が下を向くところも特別仕様だ。

「名づけて、ふれふれ坊主くんです！」

「なにそれ!?　逆じゃん!!」

にべもなく言い放ってから、親友は、今度こそあきれたまなざしになった。

「愛《いと》しの彼とのあいあい傘《がさ》が憧《あこが》れだからって、わざわざ雨が降る日をデートの日に選ぶとか、その執念《しゅうねん》、ほんとすごいよ。まさか、逆《ぎゃく》てるてる坊主まで作ってくるとは思わなかった」

「『執念《しゅうねん》』じゃなくて、『計画』って言ってよ！」

そう。すべては瑠那の「計画」だった。

子どものころから、瑠那は、「彼氏ができたら絶対あいあい傘で歩きたい」と思っていた。

それはもう、寝《ね》ている間の夢《ゆめ》に見るくらい強く願っていた。だから、孝人と付き合うことになったとき、いよいよ、夢にまで見た憧《あこが》れのあいあい傘ができるんだ、と感激したのである。

その夢を現実のものにするため、これまでの孝人とのデートには、ワザと雨の降りそうな日を選んだ。瑠那の思いが天に届《とど》いたのか、映画館と動物園、2回のデートはどちらも朝から雨だった。そして、初めての放課後デートを約束《やくそく》している明後日《あさって》も、午後から雨になる予報が出ている。お手製《てせい》の「ふれふれ坊主くん」、グッジョブである。

「はー。早く水曜日にならないかなぁ……」

孝人と肩《かた》が触《ふ》れ合《あ》ったときのぬくもり、それから胸《むね》の高鳴りを思い出しながら、瑠那は教室の窓《まど》からぼんやりと空を眺《なが》めた。

雲ひとつない青空へ、2羽の鳥が羽ばたいていった。

＊

水曜日、予報どおり午後から雨が降り始めた。「キミは本当に最強だな」と、通学カバンにつるした「ふれふれ坊主くん」を、瑠那は指でつついてほめちぎった。

天気予報では、雨は夜まで続くと言っていたから、放課後デートの間はずっと雨だ。つまり、孝人にまた、あいあい傘をしてもらえる。

ユルむ口もとを隠《かく》そうともせず、むふふと瑠那は笑《わら》った。

ところが。夜まで続くはずの雨は、放課後を目前にして唐突《とうとつ》に上がった。おまけに雲間《くもま》から陽《ひ》が射《さ》し始めた放課後の空を見上げて、瑠那はぽかんと口を開いた。

「なんで？　夜まで降るって言ってたよね？　どういうこと？」

もちろん、カバンにつるした逆《さか》さまのマスコットにそんなことを尋《たず》ねても、返ってくるのは瑠那が描《えが》いた、とぼけたような笑顔ばかりである。

——これじゃあ、あいあい傘《がさ》できないじゃん……。

雨の名残《なごり》ばかりがただよう空気のなか、瑠那がひっそりと肩《かた》を落としたときだった。

「瑠那ちゃん！　お待たせ」

背中《せなか》をポンッと叩《たた》かれて振《ふ》り返《かえ》ると、孝人が立っていた。

「雨上がって、よかったね」

「そ、そうですね！」

雨が上がってよかった。きっとそれが、大多数の人の感覚だ。それは瑠那にもわかる。でも瑠那には、雨の降る帰り道がよかった。

雨音があれば、自分の心臓《しんぞう》の音を隠《かく》してくれる、雨音が、まわりの世界から遮断《しゃだん》するように、自分たちを包《つつ》みこんでくれる。それだけで、この世界には2人しかいないんじゃないかと思えてしまうくらい特別な空間になる、傘《かさ》の下が好きだった。

「傘《かさ》、一応持ってきたけど、いらなそうだね」

そう言って、孝人がいつもの長傘を少しだけ持ち上げる。あぁ、本当はその傘で一緒に帰りたかったな……と、瑠那が唇《くちびる》を噛《か》んだときだった。

「でも、やっぱり雨じゃないほうがいいよね。学校からの帰りなんて、ずっと傘さしてなきゃいけないし、イヤだったんだ、俺」

「え……」

その言葉に、瑠那は頭を揺《ゆ》さぶられたような感覚に陥《おちい》った。

——イヤだった。先輩、あたしとあいあい傘《がさ》するの、イヤだったの？

「あいあい傘をしたい」と直接言葉にするのは恥《は》ずかしくて、だから計画的に、雨の降る日を狙《ねら》ってデートの約束をした。初めてのデートでも、2回目のときも、孝人は自然に傘の下を貸《か》してくれたから、嫌《いや》がられているわけじゃないんだと思っていたのに、まさか、あの行動が本心ではなかったなんて。

自分の憧《あこが》れが単なる独《ひと》りよがりだったことに――その独りよがりに嫌々付き合わせていたんだという事実に、瑠那は猛烈《もうれつ》な孤独《こどく》を感じた。同時に、自分が途方《とほう》もないバカに思えてくる。

今日は、１人で帰るべきかもしれない。そんなことさえ瑠那が思ったときだった。

「それじゃ、帰ろっか」

隣《となり》からそんな声が聞こえてきたと思った直後、ギュッと、片方の手をつかまれた。

「え？」

孝人の左手が、瑠那の右手を握《にぎ》りしめていた。

「せ、先輩？」

「瑠那ちゃんが一緒なら、それだけで『すてきだと思う』んだけど……雨が降ってると傘をささなきゃいけないから、こうやって手をつなげないでしょ？　本当は、ずっとこうしたかったんだ。だから今日は、手をつないで帰りたい。いいかな？」

孝人の顔を見上げたまま、瑠那は口をパクパクさせた。

――いい。ぜんぜん、いい。

でも、その一言が出てこない。

すると孝人が、瑠那とつないだ手を、そのまま持ち上げた。瑠那の手が、孝人の顔に近づいてゆく。

「ダメ？」

そのつぶやいた孝人の唇《くちびる》が、ささやかに、瑠那の手の甲《こう》に触《ふ》れた。

傘の下で肩《かた》と肩が触《ふ》れ合《あ》うよりも、ずっと直接的なぬくもりが瑠那の全身を支配する。

「だっ……！」

「だ？」

「ダメ……な、ワケ、ないです……」

ぱちぱちと目をしばたたかせた孝人が、にっこりと笑《わら》って「うん」とうなずいた。

陽《ひ》の射《さ》す雨上がりの空の下を、瑠那は孝人と手をつないで歩き出す。つながれた右手がおかしいくらいに熱くて、どうしたらいいのかわからない。だけど、このままずっとつないでいたい。矛盾《むじゅん》した思いにパニックになって、傘の下より今のほうが、隣《となり》に鼓動《こどう》が聞こえてしまいそうだ。

その隣《となり》で、くすっと孝人が楽しそうな息をこぼした。

「瑠那ちゃんの手、ちっさくてかわいい」

あぁ、やっぱり——たまには手を離さないと、この恋に、ヤケドしてしまうかもしれない。

Do《ドゥ》 you《ユー》 like《ライク》 me《ミー》?

……ヤバイ。このままじゃ、冗談《じょうだん》じゃなく、ヤバイ。

ぶるぶると、手が震《ふる》えてくる。返却《へんきゃく》された英語の小テスト、点数欄には10点満点中、3点という驚異的《きょういてき》な点数が記されていた。

「うわー、今回もやっちゃったねぇ、千尋《ちひろ》」

うしろの席に座っている麻衣《まい》が、わたしの答案をのぞきこんで苦笑《くしょう》まじりのため息をつく。

「3点って、これが定期テストだったら赤点だよ？　仮にも生徒会役員サマが留年《りゅうねん》なんてことになったら、前代未聞《ぜんだいみもん》ですよ。笑《わら》えないよ」

「そう言いながら笑ってるじゃん！　生徒会が忙《いそが》しくて、ちょっと勉強できなかっただけだから！」

ニヤニヤと笑う麻衣に言い返す。すかさず先生に、「ほら、授業を始めるから静かに」とにられて、わたしはすごすごと正面に向き直った。

英語は、中学のころからニガテだ。それが高校に入ってから、一気に難易度が増した。受動態とか、仮定法とか、未来完了ナンチャラとか。「未来」なのに「完了」してるとか、意味がわからない。予言者なの？

「英語が壊滅的《かいめつてき》なのに、よく生徒会に入れたよね」と、麻衣はしょっちゅうからかってくる。

わたしが生徒会の書記に立候補したのは1年の冬休み明けで、そのときはまだ英語の成績は10段階中6だったし、それに何より、生徒会に入りたいという熱意があった。ぶっちゃけ、熱意だけで生徒会役員の座を勝ち取ったといっても過言《かごん》ではない。

けれど、2年の4月から新生徒会が始動すると、その仕事は、想像していた以上にハードだった。書記は週に一度の定例会議で議事録《ぎじろく》を作成したり、月ごとの生徒会新聞に載《の》せる記事を書いたり、学校の公式ブログを更新《こうしん》したり、とにかく「書く」仕事が多くて神経も使う。仕事が終わったあとは予想以上に疲《つか》れていて、勉強するだけの体力が残っていないことも、たびたびあった。

わたしが生徒会に立候補《りっこうほ》したとき、当時のクラスメイトのなかには「内申点《ないしんてん》のためでしょ？」

と言う人もいたけれど、じつは、そうじゃない。そりゃもちろん内申点がよくなるに越《こ》したことはないけれど……当時のわたしは純粋《じゅんすい》に憧《あこが》れていたのだ。生徒会という、クールで頼《たよ》れるリーダーたちに。

「とはいえ、さすがに3点はマズイよなぁ……」

見つめたところでマルが増えるわけでもない小テストを、じっと見つめてため息をつく。小テストだけならまだいいけれど――いや、よくはないけど――あと1ヵ月もすれば、1学期の期末試験だ。このままいけば麻衣の言うとおり、人生初の赤点だってあり得るかもしれない。マジで笑《わら》えない。

「図書室で、勉強していこうかな……」

ウチは弟が2人いて騒《さわ》がしいし、自分の部屋にこもるとついついダラけてしまうことも多い。だったら帰る前に、静かで広々とした図書室で勉強したほうが集中できる。18時には閉《し》まってしまうけど、短い時間で集中的に勉強したほうが頭に入るかもしれない。

「よし。今日からは英語強化キャンペーンだ！」

わたしはグッと拳《こぶし》を握《にぎ》りしめると、1ヵ月後の自分に華麗《かれい》なる赤点回避《あかてんかいひ》を誓《ちか》った。

放課後、さっそくわたしは図書室で英語のテキストを開いた。ひとまず、3点だった小テストの見直しと、今日の復習。テキストの横に並べて開いたノートに、英文と和訳《わやく》、それから解説も書き連ねていく。手を使って繰《く》り返《かえ》し書いているうちに、覚えられるような気がしたのだ。

「うわ、出た。未来完了形……。えぇっと……。最初に、By the timeがついてるから……」

自分なりに和訳《わやく》して英文の横に書き、それを解答と照合する。でも、微妙《びみょう》な違《ちが》いをマルにしていいのか、これではバツなのか、自分では判断がつかない。

「うーん……？」と腕《うで》を組《く》み、首をひねっていたときだった。

「英語？」

左上のほうからそんな声が落ちてきて顔を上げたわたしは、まさかと目を見開いた。

「なっ、成瀬《なるせ》会長!?」

隣《となり》に立っていたのは、成瀬修《しゅう》生徒会長だった。前年度は副会長を務《つと》めていて、前会長からのご指名で生徒会長に就任《しゅうにん》した3年生。黒髪《くろかみ》をさっぱり整え、フレームのないメガネをかけている。体格は中肉中背《ちゅうにくちゅうぜい》だけど、だからこそ威圧感《いあつかん》もなく、落ち着いたクールな雰囲気《ふんいき》が存在感を放つ、我らが頼《たよ》れるリーダーだ。

そんなリーダーが、くすっと知的な微笑《ほほえ》みを浮《う》かべた。

『会長』なんて呼ぶ人、ほとんどいないよ。呼ぶヤツも、だいたいふざけて呼んでるだけだし」

「そ、そうですか？」

突然のことすぎて、うまく言葉が出てこない。なんせ、こうやって定例会議以外の場で成瀬先輩から話しかけられるのは初めてだ。教室のあるフロアも3年と2年では違《ちが》うから、校内で先輩を見かけることも、ほとんどない。そんな成瀬先輩が、今は、定例会議のとき以上に近い距離にいる。

「自習してるの？　えらいね、菊地《きくち》さん」

間近《まぢか》でにっこり微笑《ほほえ》む成瀬先輩を見た瞬間《しゅんかん》、せっかく覚えた英単語がポロポロと頭からこぼれ落ちていくのがわかった。

わたしが生徒会に入った理由。わたしが純粋《じゅんすい》に憧《あこが》れた、クールで頼れるリーダー。それこそが、この成瀬先輩だ。

わたしがこの高校に入学したとき、成瀬先輩は副会長だった。当時の会長は、この春卒業した女の先輩で、生徒会の顔として全校生徒の前に立つのは、ほとんどの場合がその会長だった。

ただ、その会長を陰《かげ》からサポートしていたのが副会長の成瀬先輩だ。生徒会長に負担《ふたん》が集中するのを防《ふせ》ぐための配慮《はいりょ》が随所《ずいしょ》に見えたし、全校生徒の意見を、会長と一緒に真剣《しんけん》に聞いてくれた。前年度、部室のロッカーが全面的に改修されたのは、当時の会長と成瀬副会長の働きかけによるものが大きかったという話だ。

成瀬先輩の近くで、先輩の力になれたらと思った。昨年の秋の時点で、成瀬先輩が次期会長に選ばれることはほぼ確実だったから、それならわたしも書記に立候補《りっこうほ》しようと一念発起《いちねんほっき》したのだ。

結果、わたしは幸運にも――もしかしたら、すべての運を使い果たしてしまったかもしれないけれど――生徒会に書記として入ることができた。成瀬先輩と言葉を交わせるだけ、近づくことができた。

「あ。ここ間違《まちが》ってるよ。ここも。もしかして菊地さん、英語ニガテ？」

――まさか、ノートに書きつけた英文の間違《まちが》いを指摘されるほど近くに来てくれるとは思ってなかったけど！

「はい……。めちゃくちゃ、ニガテです……」

さわやかな笑顔で尋《たず》ねられては、ウソをつくことなんてできない。そもそも、ノートを見られてしまった今、ウソをついたとしても一瞬《いっしゅん》で見抜《みぬ》かれるだけだ。

そんな、なんでもお見通しといったクールな瞳《ひとみ》が、メガネ越《ご》しにわたしを見つめてくる。

「でも、ニガテな科目を勉強してるなんて、えらいね」

「さすがに、期末テストが近づいてきてるので……。今のままじゃ、マズイと思いまして……」

「俺でよかったら、教えようか？」

「……え？」

英語でもないのに、何を言われたのかわからなかった。

――オレデヨカッタラ、オシエヨウカ？

「とおぉぉ、とんでもないっ！　先輩、忙《いそが》しいじゃないですかっ！　それに、先輩だって勉強するつもりだったんじゃ……」

「俺は、本を借《か》りにきただけだから」

そう言って、先輩が手に持っていた本を掲《かか》げてみせる。「でも……」とまごついたわたしに、成瀬先輩が特別なことを教えるようにささやいた。

「知ってる？　知識って、人に教えることで頭の中が整理されて、定着することも多いんだ。だから、菊地さんに勉強を教えることで、俺も勉強ができるってわけ。一石二鳥《いっせきにちょう》でしょ」

あっけらかんとそう言って、ついに成瀬先輩がわたしの隣《となり》に腰《こし》を下《お》ろす。これはもう、断れない雰囲気《ふんいき》だ。

「俺、自慢《じまん》だけど一応、学年で10位以内には入ってるから、まぁまぁお手伝いできると思うよ？」

学年10位。それはもはや必死にテスト勉強なんかしなくても高得点を取れてしまう人たちだ。

成瀬先輩が「生徒会長」であることを、改めて強く実感する。生徒会のトップの座は、大前提として成績のいい人間に許されたポジションなのだ。

そんな人から直々に、マンツーマンで苦手科目を見てあげようかと提案されている。これを断ったら、きっとバチがあたる。それに、断りたくなんてない！

「ぜひ、よろしくお願いします……」

「こちらこそ、よろしくお願いします」

ぺこり、ぺこりと、日暮《ひぐ》れの窓辺《まどべ》でお辞儀《じぎ》を重ねる。

こうして、成瀬先輩によるマンツーマン授業は始まった。

さすが、学年10位なだけあって、成瀬先輩の教え方は非常にわかりやすかった。スピードの早い、ふだんの授業では、おいていかれることも多いわたしだけど、成瀬先輩はわたしがつまずくたびに「どこがわからなかった？」と手を差《さ》し伸《の》べてくれる。イヤそうな顔ひとつしないどころか、余裕《よゆう》の笑顔《えがお》で。

「――っていう感じなんだけど、大丈夫《だいじょうぶ》かな？」

「なるほど……！」

「俺もつまずいたなぁ、未来完了形と未来完了進行形。どういう意味だって感じだよね」

「ほんとそうなんです！　でも、今の先輩の説明で、だいぶわかった気がします！　先輩、教え方上手です!!」

「そう？　お役に立ててよかった。俺も、『あー、そうだった、そうだった』って感じで、復習できたよ」

成瀬先輩が伸《の》びをしながら、スッキリとした笑顔《えがお》を浮《う》かべたとき、閉室10分前を告げるアナウンスが流れた。いつの間にか、勉強を始めて1時間以上経《た》っていたらしい。1コマ50分の授業はもっと長く感じるのに、先輩に教えてもらっている間は、時間が気にならなかった。

「ありがとうございました。助かりました」

改めてお礼を言うと、予想外の言葉が先輩の口から出てきた。

「1日だけじゃ、苦手は克服できないでしょ？」

「え？」

「明日以降も図書室で勉強しようって思ってるなら、教えてあげるよ？　俺でよければ。こういうことは、継続《けいぞく》することが大事だからね」

そう言って、成瀬先輩がメガネのブリッジを指先で押し上げた。その様子は、まさに頼《たよ》れる先輩で、わたしに断《ことわ》る理由はなかった。

それから放課後は、生徒会の定例会議がある水曜日を除《のぞ》いて、ほぼ毎日、成瀬先輩に図書室で英語を教えてもらうことになった。たまに、ほかの教科でも不安に感じる部分を見てもらうことがあったけど、さすが学年10位以内の成瀬先輩に死角《しかく》はなく、どの教科もすらすらと、めちゃくちゃわかりやすく解説してくれた。

「成瀬先輩、教師になったらいいのに。勉強が苦手な生徒がいなくなりますよ」

「それは買いかぶりすぎだよ。それに俺、将来は外国で働いてみたいんだ」

「え、そうだったんですか？　あ、だから英語、得意なんだ」

「まだまだ勉強中だけどね」

勉強の合間の雑談《ざつだん》では、今まで知らなかった成瀬先輩の顔が、ちらちら見えた。成瀬先輩と2人きりで話ができて、勉強を見てもらえて、先輩自身のことまで知ることができる。放課後のこの時間は、わたしにとっては一石二鳥《いっせきにちょう》どころではない。

「……うん、だいぶ正答率が上がってきたね」

わたしが書いた英文を添削《てんさく》し終えた先輩が、赤ペンをしまう。先輩は教え方も上手だし、添削の仕方《しかた》も丁寧《ていねい》だ。自分がどこを間違《まちが》えたのか、勘違《かんちが》いしていたのかが、一発でわかる。こんなに丁寧《ていねい》に教えてくれてるんだから、ちゃんと結果を出さなきゃ、という気持ちにもなる。

「じゃあ、ちょっと休憩ね」

そう言った先輩が、ガタっと席を立った。本棚《ほんだな》の向こうに回り込んで、どこへ行ってしまったのか、姿《すがた》が見えなくなる。わたしは席を立つことなく、先輩が添削《てんさく》してくれたノートを読み返した。過去の分にさかのぼれば、たしかに、マルの数は増えている。

そういえば、先輩は間違《まちが》った部分にも絶対にバツはつけない。正解した部分にはマル、間《ま》違《ちが》った部分には添削《てんさく》。バツが一つもついていないノートは、見ていて不思議《ふしぎ》とヤル気が上がる。

きっと、これも先輩のこだわりなんだろう。

——先輩のくれるマルが増えていくの、嬉《うれ》しいな……。

そんなことを思いながらノートを見つめていたときだった。

「ひやぅっ！」

突然《とつぜん》、頬《ほお》に冷気の塊《かたまり》が押し当てられて、わたしは座《すわ》ったまま跳《と》び上《あ》がった。

「ダメだよ、ここ図書室なんだから、静かにしないと」

横を見ると、そう言いながらクスクスと笑《わら》う成瀬先輩が立っている。

頬《ほお》に押し当てられた冷たさは、どうやら、先輩が持っている紙パックだ。校内の自販機で、80円とかで売ってるやつ。

「ノート、見返してたの？　ちゃんと休憩《きゅうけい》もとらないと、集中力が続かないよ？」

「あ、でも、先輩のノートは見ていて気持ちいいので、大丈夫《だいじょうぶ》です」

思わずそう返すと、「気持ちいい？」と怪訝《けげん》そうに聞き返された。

先輩がわたしにマルをくれているみたいで、とは、さすがに言えない。

「まぁ、リフレッシュできてるならいいけど。あ、これ、どっちがいい？」

今度は目の前に、紙パックが2つ、差し出される。ひとつは「いちごミルク」、もうひとつは「コーヒー牛乳」だ。

「あ、じゃあ、コーヒー牛乳でもいいですか？」

「はーい」

頓着《とんちゃく》なく、わたしの前にコーヒー牛乳を置いた先輩が、いちごミルクのパックにストローを差して飲み始めた。クールで知的な成瀬先輩と、いちごの絵が描かれたピンク色のポップな紙パックはあまりにも不釣《ふつ》り合《あ》いすぎて――なにそれかわいい、なんて、思ってしまう。

思わず見入っていると、「ん？」という目がメガネ越《ご》しにこっちを見た。あわててコーヒー牛乳のパックをつかみ取り、飲みながらノートに没頭《ぼっとう》しているフリをする。

それでも、心臓《しんぞう》はバカ正直に小躍《こおど》りするように弾《はず》み続《つづ》けた。

「……よし。じゃあ、今日はここまでね」

それからおよそ30分後、先輩が顔を上げた直後、閉室を告げるアナウンスが流れる。

「菊地さん、だいぶ理解が深まったんじゃない？　同じ時間内に解ける問題数も増えてるし」

「ぜんぶ、成瀬先輩のおかげです」

「そんなこともないと思うけど、そう言われると、俺もヤル気が出るなぁ」

そう言って先輩は、力こぶを作るように腕《うで》を曲《ま》げてみせた。先輩に、こんなにお茶目《ちゃめ》な一面があったことも、今回初めて知った気がする。

「先輩、どうしてここまでしてくれるんですか？」

気づいたときにはそんな問いかけが、自分の口からこぼれていた。

先輩が、目を丸くする。自分の言葉にハッとなったが、口に出してしまったものをひっこめることはできない。図書室特有の静けさも相《あい》まって、妙《みょう》な緊張感《きんちょうかん》が漂《ただよ》う。

「菊地さんは、仲間だからね」

そう、先輩が口にするまで、わたしは息を詰めていた。

「菊地さんが生徒会に入ってくれて、書記の仕事を務《つと》めてくれて、俺、ちょっと驚《おどろ》いたんだ」

「驚いた？」

「菊地さんがまとめてくれた議事録《ぎじろく》、すごく見やすくまとまってた。それに生徒会新聞も、文章が読みやすくて、ときどきユニークな言い回しも入ってたりして、おもしろかったんだよね。いい子が入ってきてくれたなーって思ったんだ」

「いい子」。その一言に、ウソのつけない心臓《しんぞう》が弾《はず》む。そんなふうに思ってくれていたことも、わたしの書くものをそういうふうにとらえてくれていたことも、今知った。そして、今知ったことが、どうしようもなく嬉《うれ》しい。

「菊地さんの議事録や新聞は、俺を支えてくれるから。だから、勉強を見るくらいで菊地さんにお返しできるなら、むしろラッキーだよ。それに――」

と、そこへ図書委員の女子が「閉室ですよー」と告げにくる。先輩は、途切《とぎ》れた話をそのまま切り上げて席を立った。

「じゃあ、帰ろうか」

荷物を持って先に歩き出した先輩を、わたしはゆっくりと追いかける。

あんまり距離《きょり》を縮《ちぢ》めてしまえば、また、心臓が言うことを聞かなくなりそうだった。

1日、また1日と、学期末試験が近づいてくる。先輩は、試験初日の前日まで勉強を見ると言ってくれた。自分の勉強時間を削《けず》ってまで、わたしに付き合ってくれている。そう思ったら勉強が手につかなくなりそうだったので、あえて考えないようにした。

先輩がこれだけ付き合ってくれてるんだから、絶対に、いい点数をとらなくちゃ。学年10位はムリでも、中間試験よりは順位を上げたい。そして、先輩に改《あらた》めてお礼《れい》を言いたい。できることなら、自分の気持ちも。

わたしは家に帰ったあとも、自分の部屋で勉強を続けた。弟たちの騒《さわ》がしさにはイヤホンで耳栓《みみせん》をして、自分を誘惑《ゆうわく》しそうなものは見えないところにしまい込んだ。試験が終わるまでは、マンガも雑誌もお預《あず》けだ。これまでは何度も挫折《ざせつ》したけど、今回は、集中力が途切《とぎ》れそうになるたびに先輩の顔が頭に浮かんで、ヤル気を取り戻すことができた。Love is power《愛は力》だ。

「絶対に、いい点とって先輩に報告するんだから!」

わたしは、いまだかつてないほどの猛勉強《もうべんきょう》を、夜遅《よるおそ》くまで続けた。

そして、試験前日。明日から試験ということもあって、早々に帰宅する生徒が目立つなか、わたしは図書室に向かった。

いつもの席に、先輩はまだ来ていない。わたしは英語のテキストとノートを取り出すと、早速、英文をつづり始めた。ここ一ヵ月の「特別授業」のおかげで、英文を書くスピードは上がったし、単語のつづりを思い出すのも早くなった。時間が限られている試験では、どちらも有利に働く。

やっぱり、どこまでも成瀬先輩のおかげだな。そう思いながら、英訳問題を解き続けた。

先輩は、まだ来ない。まだかな。早く会いたいな。手を動かしながらも、考えてしまうのは、そんなことばかりだ。早く先輩の声が聞きたい。先輩の笑顔《えがお》が見たい。肩《かた》が触《ふ》れそうで触《ふ》れない距離まで、早く先輩に近づきたい。

——好きな人に、少しでも早く。

その瞬《しゅん》間、わたしはハッとした。ノートに、勉強とは関係のない文章をつづってしまっていたことに気づいたからだ。

——Do you like me?《私のことを好きですか？》

なに書いてるんだ、わたし！　ぼーっとするにも、ほどがある!!

わたしはブンブン頭を振って、ふたたび勉強に戻《もど》った。

しかし、続きを解いているうちに、だんだんとペンを走らせるスピードが遅《おそ》くなってきた。それと一緒《いっしょ》に、まぶたが重くなっていく。ダメだダメだと思いながら手を動かして眠気《ねむけ》を追い払うも、睡魔《すいま》はすぐにUターンしてきた。今、自分が何を書いているのかもわからなくなる。

だめ……先輩を待ってるんだから。勉強を見てもらえるのは、今日が最後なんだから。今日を逃《のが》したら、またしばらく、生徒会でしか会えなくなるのに……あぁでも、昨夜も部屋で勉強してて、気づいたら午前0時を回っていたから、それで——

そんな思考を最後に、わたしは意識を手放した。


じんわりと意識に火がともる。

「すみません、閉室です」

「え……えっ⁉」

肩《かた》を叩《たた》かれていたことに気づいてハッと顔を上げると、すぐ横に、図書委員らしき女子生徒が立っていた。女子生徒はわたしが起きたことを確認すると、自分の帰り支度《じたく》のためか、図書カウンターのほうに戻って行った。

「うそ、寝《ね》ちゃった⁉　あれ、でも成瀬先輩――」

最後まで言葉が続かなかったのは、うたた寝《ね》をしている間も机《つくえ》に開きっぱなしになっていたノートが目に入ったからだ。

英文が、すべて、赤ペンで添削《てんさく》されていた。マル、マル、マル、少しだけ直しが入って、また、マル、マル……。ここ一ヵ月、ずっと見ていたわたしが見間違《みまちが》えるはずがない。

「先輩《せんぱい》、来てたんだ……」

ということは、寝顔《ねがお》を見られたということか！　だったらなんで起こしてくれなかったの！

今日で最後だったのに‼

嬉《うれ》しさと恥《は》ずかしさと後悔《こうかい》で、頭の中がグチャグチャになる。ワケもわからないままノートのページをめくったわたしは、その瞬間《しゅんかん》に固まった。

花丸が、そこに咲《さ》いていた。これまでシンプルな一重のマルしかなかったのに、その英文にだけは、大きな花丸がついていた。

——Do you like me?《私のことを好きですか?》

先輩のことを考えているうちに、無意識《むいしき》で書いてしまった一文。

しかも、花丸がつけられたその一文の下には、赤ペンで追記があった。

——Yes, I do. And you?《うん君は?》

わたしはテキストとペンケースを乱暴《らんぼう》にカバンに突《つ》っこむと、花丸の咲くノートを胸《むね》に抱《だ》いて図書室を飛び出した。

試験が終わるまでなんて、待ってられなかった。

おとり捜査《そうさ》

「菜摘《なつみ》、なんかあった？」

昼休み、食堂で一緒にお昼を食べていた親友に尋《たず》ねられて、菜摘は顔を上げた。すると、正面に座っていた親友の英里《えり》が、小さくあごをしゃくる。

「さっきから減ってないよ、カレー」

「え……。あ、うん。食べる食べる」

そう答えてスプーンを動かすと、カレーはすでに冷め始めていた。どうやら、だいぶぼんやりしていたらしい。

「何があったの、菜摘？」

何かがあったことを前提にして、英里が尋《たず》ねてくる。菜摘はスプーンを器にカチャリと置いて、ため息をついた。

「じつは……彼氏が、浮気《うわき》してるんじゃないかって、思って……」

うどんをつかんだ箸《はし》を空中で止めて、英里が目を真ん丸に見開く。親友の身に何かあったことは確信できても、さすがに彼氏の浮気とは思わなかったという表情だ。それはそうだろう。菜摘だって、自分の身に起こったことが、まだ信じられないのだから。

「どういうこと？」

「どういうことって、わたしが聞きたいよ」

もう食欲もない。テーブルから下ろした手をひざにのせて、菜摘はスカートをギュッとつかんだ。

「最近、彼氏の透《とお》るがね、あんまりデートしてくれないんだ。誘《さそ》っても、『今日は用事があるから』って断られることが続いて……。こないだ、やっと2週間ぶりくらいにデートできたんだけど、デート中、気づいたらスマホを触《さわ》ってるの」

「あー、それちょっとヤかも」

英里の言葉に、菜摘は「でしょ？」と顔を上げた。

「わたしもムッとして、横から画面をのぞこうとしたの。『さっきから何見てるのー？』って。

そうしたら透、『やめろよ！』って、メチャクチャ焦《あせ》った感じで画面を隠《かく》してさ」

「ほう……。それは、アヤシイね」

「だよねぇ……。もしかして、女の子と連絡とってるところだったのかなって……。『何してたの？』って聞いても『なんでもない』としか言わないしさ。もしかしたらスマホに証拠《しょうこ》が残ってるかもって思ったけど、さすがに盗《ぬす》み見《み》するのはねぇ……」

そんなことをする度胸《どきょう》は、菜摘にはない。スマホにはプライバシーが詰《つ》まっている。勝手に見ることは許されないし、仮にもし勝手に中を見て、動かぬ証拠《しょうこ》が出てきてしまったら、ヘコむどころの話ではない。証拠《しょうこ》を突《つ》きつけて問いただすことができたとしても、「彼氏のスマホを盗み見した」という事実については、当然、責められるだろう。

「スマホを盗《ぬす》み見《み》して得た情報に、証拠能力《しょうこのうりょく》はないみたいだよ」

刑事か弁護士のように、そうつぶやいた英里が、うどんをすする。「証拠能力」だなんて……盗み見などできないという結論に至《いた》った菜摘にとっては有用性のない情報だったが、「そうなんだ」とだけ返しておいた。

それよりも菜摘に必要なのは、現状を打破《だは》するための妙案《みょうあん》だ。

「スマホを見る以外で、彼氏が浮気してるかどうか確かめるいい方法、ないかなぁ……」

すると、英里がプラスチックの箸《はし》をカチャリと盆《ぼん》の上に置いた。盆をわきにスライドさせ、空いたスペースに両ひじをつくと、軽く組んだ両手に、ほっそりとしたあごをのせる。

「ないこともないよ。彼氏の浮気を確かめる方法」

「え、ほんと？」

藁《わら》にもすがる思いで、菜摘は親友の顔を凝視《ぎょうし》した。英里の切れ長の目が鋭《するど》く光り、唇《くちびる》の端《はし》がふっと吊《つ》り上《あ》がる。どこか、悪だくみをするような表情だった。

「2人っきりになったときに、彼のプライベートスペースから、女の子のアクセサリーが出てきたふうを装《よそお》うの」

「プライベート、スペース？　アクセサリー？」

言葉の意味がとっさに飲みこめずに、菜摘は首をかしげた。「たとえばね……」と、説明口調になった英里が組み合わせていた手をほどき、右手の人差し指を立てる。

「たとえば、彼の家に行くことになったときがいいかな。そのときに、自分のアクセサリーを持って行くの。イヤリングとか、指輪《ゆびわ》とか、小さくて目立たないものがいいと思う。それを彼に気づかれないようにこっそり取り出して、たった今、拾《ひろ》ったフリをして、『ねぇねぇ。こんなのが落ちてたんだけど、誰のイヤリング？』って、彼氏に見せながら聞くのよ。もしも彼氏が、そのイヤリングを見て動揺《どうよう》したら、クロ。菜摘以外の女の子と2人きりで遊んだことがあったら、『もしかしてあのとき、あの子が落としていったのかも……』っていう不安が真っ先に頭に浮《う》かんで、動揺《どうよう》する。つまり、浮気をしていた可能性大ってこと。男子って、女子がどんなアクセサリーをつけてたかなんてイチイチ憶《おぼ》えてないから、やましいことがあったら、一〇〇パー顔に出るよ。逆に、キョトンとしたり、『それ、菜摘のでしょ？』ってすぐに返してきたら、浮気してる可能性は低いって考えていいと思う。まぁ、よっぽど演技がうまい人なら、そうとは言いきれないけど……浮気男のほとんどは、動揺すると思うよ」

長い説明を終えた英里は、コップの水を口に運んだ。

じっと話を聞いていた菜摘は、「なるほど……」とつぶやいた唇《くちびる》を指先でなぞる。たしかに、今の方法なら、スマホを盗《ぬす》み見《み》するようなうしろめたさはない。

もし、仮に、万が一、今の方法を試した瞬間《しゅんかん》に透が動揺《どうよう》したらと考えると不安だが、このまま透を疑《うたが》い続《つづ》けることも、同じだけ不安だ。そのうち猜疑心《さいぎしん》が限界に達して、関係が壊《こわ》れてしまうかもしれない。だったら、イチかバチか、英里の教えてくれた方法を試すことに意義はあるような気がする。

「わたし、試してみようかな」

菜摘の小さなつぶやきを逃さず拾った英里が、「わたしはいつでも菜摘の味方だよ」と言ってくれた。「がんばって!」でも、「きっと大丈夫《だいじょうぶ》だよ」でもないあたりが英里らしい。だからこそ、自分は英里と親友になれたんだろうなと、菜摘は思った。


まず菜摘は、不自然に思われないよう、透に「週末、時間ない?」とメッセージを送った。お菓子を作るから、それを渡しに行くことを口実《こうじつ》にした。「俺が菜摘の家まで取りに行くよ」と言われたらどうしよう……「ちょうどそっちにほかの用事もあるから」と言えば、納得《なっとく》してくれるだろうか……。そんなことまで考えていたが、透は数時間後にやっと、「わかった」とだけ返事をよこしてきた。

ほっとしたのと同時に、緊張《きんちょう》した。これでいよいよ「作戦」を実行する日が決まったわけである。

「あとは、アクセサリーだけど……」

それが第2の問題だ。英里は、イヤリングや指輪なんかの小さくて目立たないアクセサリーがいいと言っていた――女子が忘れたり落としたりする可能性があって、なおかつ、すぐには見つかりにくいものがいいということだろう――が、菜摘は、イヤリングも指輪も持っていない。ブレスレットなら持っているが、大きめの飾《かざ》りがいくつかついていて、目立ちにくいとは言えない。ほかに持っているものといえば……。

「この、ペンダントか……」

小箱から取り出したペンダントを、菜摘は目の高さまで持ち上げた。

茶色い革紐《かわひも》の真ん中に、ひとつだけ、翼《つばさ》の形をしたシルバーのペンダントトップが揺《ゆ》れている。2センチ足らずの小さなものだが、これは何より大切な菜摘の宝物だった。

菜摘が持つこの翼と対になるペンダントトップを、透が持っている。これは、付き合って一年の記念日に透とおそろいで買った、ペアアクセサリーなのだ。

デート先でたまたま見つけたアクセサリーショップに入ったとき、左右2つの翼をくっつけると双翼《そうよく》になるというこのペンダントを菜摘が気に入って、「だったら、おそろいでつけようっか」

と透が提案してくれた。左右どちらか一つだけでもアクセサリーとしてきれいだったので、自分の分だけ買おうと思っていたのだが、透の提案を拒否《きょひ》する理由はなかった。

このペンダントで、透を試す。万が一それで浮気が判明したら、なんとも皮肉な結末だが、ある意味、この計画で使うには、もっともふさわしいアクセサリーであるような気もした。

「……よし。決めた」

英里が教えてくれた方法で、この翼《つばさ》のペンダントを、透にチラッと見せる。じっくり見せてしまうと、おそろいで買ったものだということがバレてしまう。だから、見せるのは一瞬《いっしゅん》でいい。でも、その一瞬で透が動揺《どうよう》したら、クロだ。

本当は、2人の絆《きずな》とも言えるペンダントであることに、即座《そくざ》に気づいてほしい。「それ、菜摘のでしょ?」と、キョトンとした顔で即答してほしい。

「透……」

――あなたは、どう答えてくれる?

ペンダントを両手の中に握《にぎ》りしめて、菜摘は祈《いの》る思いで目を閉《と》じた。

そして、とうとう土曜日がやってきた。菜摘は例のペンダントをデニムのポケットに忍《しの》ばせて、透の家に向かった。

ペンダントに通されていた革紐《かわひも》は、はずしてきた。さすがに、革紐の通ったペンダントが部屋に落ちていれば気づくだろうから、「落ちてたけど誰の?」と尋《たず》ねるものとしては、やや強引だ。その点、2センチ足らずの大きさのペンダントトップだけなら、家具の隙間《すきま》かどこかに運悪く入ってしまったのだろうかという想像が働く。そう、菜摘は考えた。

約束の午後3時を5分ほど過ぎたあたりで、透の家に着いた。一度、深呼吸をしてから呼《よ》び鈴《りん》を鳴らす。数秒後、玄関のドアが開いて、透が顔を出した。

「お菓子、持ってきたよ」

「ありがと。楽しみだなー。一緒に食べよう」

透が身を引いて、家の中に入れてくれた。透の部屋は、2階にある。廊下《ろうか》の奥《おく》が透の部屋で、そのひとつ手前は透の弟の部屋だ。その前を通ったとき、ゲームか何かをしているらしい、にぎやかな音が聞こえてきた。

「弟さん、いるんだね」

「あぁ、うるさくてごめん。あとで言っとく」

「あ、ううん、大丈夫《だいじょうぶ》だよ。そういえば、ご両親は？」

「昼メシのあと、買い物に出てったよ。もうすぐ帰ってくると思う」

そんなやり取りをしながら、透の部屋に入る。

相変わらず、小ざっぱりとした部屋だ。透と付き合うまで、菜摘は、男子の部屋はもっと乱《らん》雑《ざつ》な感じで、「脱《ぬ》ぎっぱなし」とか「出しっぱなし」とかがあるのかと思っていた。しかし、透は几帳面《きちょうめん》な性格で、本やマンガはきちんと本棚《ほんだな》に並んでいたし、上着類もハンガーラックに行儀《ぎょうぎ》よく収まっていた。これなら、アイドルオタクの女友だちの部屋のほうがよっぽどカオスだと、初めて来たとき思ったものだ。

「じゃあ、適当《てきとう》に座ってて。飲みものとお皿、持ってくるから」

「うん。じゃあ、こっちも準備しておくね」

「ありがと」と言った透が、部屋を出て行く。なんだろう。どこかよそよそしいというか、ソワソワしているように見えてしまうのは、自分の考えすぎなんだろうか。それとも、本当に透は「隠《かく》し事《ごと》」をしているのだろうか。

そんなことを考えながら、菜摘はポケットからペンダントトップを取り出した。透とおそろいで買った大切な宝物を、もう一度ギュッと胸《むな》もとで握《にぎ》りしめ、祈《いの》る。

――お願い。わたしに信じさせて。

それから5分と経たずに、部屋のドアがガチャリと開いた。

「お待たせ。オレンジジュースしかなかったけど、よかった?」

グラスとお皿《さら》をトレイにのせて、透が入ってくる。しかし、その質問には答えず、本棚《ほんだな》の前にひざをついたままの姿勢《しせい》で、菜摘は透を見上げた。

「ねぇ。本棚《ほんだな》の陰《かげ》に、アクセサリーが落ちてたんだけど……。これ、誰の?」

自然に聞こえるように、頭の中で何度も何度も練習した言葉を口にしながら、手に握《にぎ》っていたペンダントトップを透に見せる。でも、見せるのは一瞬《いっしゅん》だ。これが菜摘のものだとバレてしまっては、透が浮気《うわき》をしていた場合、動揺《どうよう》を引き出すことができない。

結果、透は目に見えて、動揺した。

「えっ、待って今の……!　もっかい見せて!」

両手で持っていたトレイをあたふたと勉強机に置いた透が、菜摘に向かってくる。隠《かく》そうなどとは思いもよらない様子で焦《あせ》っている透を見て、菜摘は泣《な》きたくなった。

アクセサリーの持ち主に心当たりがあるってことは、この部屋に呼ぶような女の子が、わたし以外にもいたってことだ。やっぱり透は、浮気してたんだ。

深い悲しみと絶望のあまり、菜摘は、ペンダントトップを握《にぎ》りしめた菜摘の手を透が押し広げようとする力に、抵抗《ていこう》する気力もわかなかった。

やがて、菜摘の手から透がペンダントトップをつまみ上げる。それをまじまじと眺《なが》めた透の口から、深いため息がこぼれ落ちた。

「よかったぁ、見つかって。なんだ、やっぱり部屋にあったのか！」

「……え？」

透の言葉に、数拍遅《すうはくおく》れて、菜摘は違和感《いわかん》を覚えた。この場合、透の口から出てくるのは、「これには訳《わけ》があるんだ！」というような言い訳《いわけ》じみた言葉か、「あれ？　これ、菜摘のじゃん。どういうこと？」という疑問かの、どちらかになるのではないだろうか。

しかし、実際に透が口走ったのは、そのどちらでもない。

――「よかった、見つかって」？　「やっぱり部屋にあったのか」？

それって、つまり、もしかして……。

「ねぇ、透」

こうなったら、確かめることはひとつだけだ。

菜摘は体の中の感情をきれいさっぱり入れ替えて、言った。

「よく見て。そのペンダント、わたしのペンダントだよ」

「え？」

もう一度、手に持っていたペンダントを観察した透が、「あっ！」と驚愕《きょうがく》の声を上げる。

「ほんとだ……。これ、右側の翼《つばさ》だ……。俺のじゃない……」

その時点で、先ほど菜摘が抱《いだ》いた「もしかして」は「やっぱり」という確信に変わった。

「透、おそろいで買ったペンダント、なくしたの？」

瞬間《しゅんかん》、マンガだったら「ぎくり」という効果音《こうかおん》が聞こえてきそうな勢《いきお》いで、透が体を凍《こお》りつかせた。

「ごっ、ごめんッ!!」

その場に土下座《どげざ》せんばかりに、透が深々と頭を下げた。下げる勢《いきお》いがあまりにも強くて、菜摘は風を感じたほどだ。そして、そのままの姿勢《しせい》で透は語った。

「2ヵ月くらい前に、なくなってることに気づいて……そのあとはもうメチャクチャあちこち探したんだけど、ぜんぜん見つからなくて……。でも、これ買ったとき、菜摘、すごく喜んでたから、なくしたって言えなくて……。『2人でつけようね』って話もしたから、『今日はつけてる?』って聞かれたらどうしようって思ったら、菜摘とデートするのも怖《こわ》くなって……。でも、このままじゃダメだって思って、なんとか菜摘に知られる前に同じもの手に入れられないかって思ったんだ。でも、これを買った店には、もう同じのが置いてなくて、ほかの店とかネットとか、ありそうなところ探しまくったんだけど、どこにも見つからなくて……」

「ほんっとーに、ごめんっ!」と、腹《はら》の底《そこ》から吐《は》き出《だ》すような声で謝《あやま》った透が、さらにもう一段階深く頭を下げる。

それを呆然《ぼうぜん》と眺《なが》めていた菜摘の口から「なにそれぇ……」という力ない声がもれた。

「わたしが、どれだけ……っ」

その声は、もはや涙《なみだ》に震《ふる》えている。気づいた透が、今度は下から突《つ》き上《あ》げられたような勢《いきお》いで顔を上げ、半ベソをかいている菜摘を見るなり泡《あわ》を食《く》った。

「なっ、菜摘ごめん、本当にごめん！　そんな、泣かせたかったわけじゃなくて、むしろ泣いてほしくなくて俺っ……！」

支離滅裂《しりめつれつ》になりながら、おろおろと立ち位置を見失っている透を見て、菜摘は泣いた。

それは、大切なペンダントをなくされて悲しかったからではない。透が浮気しているかもしれないという疑惑《ぎわく》が晴れた、安堵《あんど》の涙《なみだ》だった。

透が、浮気なんてするはずない。なくしたペンダントを必死に探《さが》して——その必死さが少し裏目に出てしまったのは事実だが——菜摘を不安にさせまいと、傷《きず》つけまいとしてくれた。そんな透が、浮気なんてするはずがなかったのだ。

「な、菜摘、泣かないで……。なくしちゃったことは、本当に俺が悪かった！　ごめん！　なんでもするから、だから頼《たの》むよぉ……」

「わかった。もういい」

涙《なみだ》をぬぐいながら、まだ湿《しめ》っぽい声で、菜摘は告げた。透には、涙《なみだ》をぬぐう手に隠《かく》れて、菜摘の表情がよく見えなかったのだろう。

「も、もういいって……？」

ビクビクと聞き返す透の声は、不安でたまらないと言わんばかりに揺《ゆ》れていた。

「な、菜摘、待って！　俺、ほんとにどんなことでもお詫《わ》びするから！　こんなこと――や、こんなことって言うとヒドイけど、俺、これで菜摘とダメになるなんて、ヤだよ……。俺、まだ菜摘と一緒に行きたいところもいっぱいあるし、やりたいこともあるし、これからまだまだ菜摘のこと好きになってくんだろうなって思ってたんだ。今でもすごい好きなのに、もっと好きになってくってどんな感じなんだろうってワクワクしてて――」

透は、自分でも何を言っているのかわかっていない様子で話し続けた。

しかし、その内容を、菜摘は一言一句《いちごんいっく》、聞きもらしていない。透が自分のことをどれだけ好きか披露《ひろう》する言葉なんて、聞いているだけで気持ちいいからもっと言ってほしい。そう思ったけれど、これ以上は少しかわいそうだ。

「待って、透。落ち着いて」

菜摘がやんわりストップをかけると、透が、迷子《まいご》のように震《ふる》える瞳《ひとみ》で菜摘を見つめてきた。

その表情がかわいいなんて言ったら、透は怒るだろうか。だったら、言わずにいてあげよう。

これからもずっと、菜摘の胸に、嬉《うれ》しかった思い出としてしまっておこう。

そんなに心配しなくても、ペンダントをなくしたくらいで嫌《きら》いになる程度のうすっぺらい恋なんかじゃないんだから。

「ねぇ、透。今から、新しいおそろいのアクセサリー、買いに行かない？」

「え？」

「プレゼントしてくれたら、許してあげる」

もうとっくに許していることが――だから、これからもずっと一緒にいるよと思っていることが、ちゃんと、大好きな人に伝わるように。

一番の笑顔で、菜摘は言った。

恋人の正体

山下千鶴《やましたちづる》は走っていた。どうしようもなく鼓動《こどう》が乱《みだ》れて、胸《むね》が痛《いた》い。それは、学校からの道のりをずっと走り続けてきたからではない。胸《むね》を絞《し》めつけるこの痛みが不安と恐怖《きょうふ》であることに千鶴はとっくに気づきながら、必死に気づかないフリをしていた。

「院内は走らないで！」と、看護師《かんごし》の女性に鋭《するど》く声をかけられて、あわてて速度を落とす。はやる気持ちだけが体を飛び出して、迷子《まいご》になってしまいそうだった。

ガラッと病室の扉《とびら》を開けると、手前のベッドにいた女性患者《かんじゃ》が、驚《おどろ》いた表情を千鶴に向けてきた。会釈《えしゃく》して謝《あやま》り、急いで奥《おく》のベッドへ向かう。

「祐介《ゆうすけ》くん、大丈夫《だいじょうぶ》!?」

叫《さけ》びたい気持ちを抑《おさ》えながら声をかけると、ベッドに横になっていた相手が、「わっ！」と上半身を揺《ゆ》らした。

「びっくりしたぁ……。来てくれたんだ、千鶴ちゃん」

「あたりまえでしょ！　ていうか、なんで連絡くれなかったの!?　あたしがどれだけビックリしたとっ……」

その先が続かなくなり、千鶴は青い顔のまま、ベッド横の丸イスに崩《くず》れるように座《すわ》りこんだ。

その姿《すがた》を見た上芝《うえしば》祐介があわてて千鶴に近づこうとするが、左足をギプスで固定されているので思うように動けず、もがくような形になってしまう。

「ご、ごめん……！　入院って言っても、ちょっと足を骨折《こっせつ》しただけでたいしたことないし、心配かけるだけだと思って……」

モゴモゴと弁明《べんめい》する祐介に、千鶴が珍《めずら》しく、キッと鋭《するど》いまなざしを向ける。目に見えてひるんだ祐介が身を引いたところへ、反対に千鶴は身を乗り出した。

「心配するに決まってるじゃない！　歩道橋から落ちて足を骨折《こっせつ》して入院だなんて、ぜんぜんたいしたことなくないよ！　それに内緒《ないしょ》にされたほうが、よけいに不安になる……。あたしは祐介くんの、彼女なのに……こんな大事なことも教えてもらえないくらい、信頼《しんらい》されてないのかなって……」

言いながらどんどん、千鶴が瞳《ひとみ》を潤《うる》ませていく。そんな千鶴の様子を見て、祐介は、さぁっと青くなった。

「ごっ、ごめ……！　俺、そんなつもりじゃ……千鶴ちゃんのことは、誰より信頼《しんらい》してるよ！　連絡しなかったことで不安にさせたんだったら、ごめん。俺が、考える方向、間違《まちが》ってた。だから、その……来てくれて、嬉《うれ》しいよ」

一転して、かぁっと頬《ほお》を赤らめた千鶴が上目づかいになって「本当に？」と尋《たず》ねる。「本当に本当に！」と、こくこく首を縦《たて》に振《ふ》る祐介も、同じくらい赤くなっていた。

「そっか……。それじゃあ、よかった」

ようやく微笑《ほほえ》みを浮《う》かべた千鶴を見て、祐介は胸《むね》をなで下ろした。

——その一連のやり取りをカーテン越《ご》しに聞いてしまった女性患者《じょせいかんじゃ》が、じつに微笑《ほほえ》ましそうに口もとを押さえていたことを、２人は知らない。

でも……と、祐介の痛々《いたいた》しい足に目を向けた千鶴が、悲しそうにつぶやいた。

「歩道橋から落ちたって聞いたけど、３週間も入院しなきゃいけないような骨折《こっせつ》なんて、何があったの？」

ふいに、祐介の目が泳いだ。「あー……」と祐介が落ち着きなくあちこちを見回すときは、何かをごまかそうとしているときだということを、千鶴は知っている。

「何があったの」

質問口調ではなく、もはや詰問《きつもん》口調で、千鶴は祐介に顔を寄《よ》せた。ぐっとノドを鳴らした祐介が、早々に観念《かんねん》した顔になる。

「じつは……。ちょっと、モメちゃって……」

「モメた？　誰と？　なんで？」

千鶴に詰《つ》め寄《よ》られた祐介は、頭の中で懸命《けんめい》に言葉を組み立てた。

「3日前、学校からの帰り道に、波田《はだ》高のヤツらとトラブっちゃって……。俺はそんなつもりなかったんだけど、すれ違《ちが》ったときに『今ぶつかっただろ』って絡《から》まれて……」

「なにそれ！」と、千鶴が悲鳴まじりの声を上げ、あわててその声を落とした。

「イマドキそんな絡《から》み方《かた》する人いるの？　ていうか、それ、『因縁《いんねん》をつける』っていうやつでしょ？」

「まぁそうなんだけど、そういうタイプのヤツらには、話が通用しないからさ」

だから、祐介は逃《に》げた。それが相手の気に障《さわ》ったらしく、集団で追いかけられたので、ますます逃《に》げて、信号が青になっているのを待っていられず、少し先の歩道橋に走った。それでも相手はしつこく追いすがってきて——今思えば、祐介があたふたと逃《に》げる姿《すがた》を楽しんでいたのだろう——追いつかれることに恐怖《きょうふ》を感じて、何度も振《ふ》り返《かえ》りながら走っていた祐介は、歩道橋の下りの階段で足を滑《すべ》らせたのだった。

その瞬間《しゅんかん》を目撃《もくげき》した通行人が救急車を呼《よ》んでくれて今に至《いた》るのだが、当然のように、祐介を追いかけてきた他校の集団は、現場から霧《きり》のように姿《すがた》を消していた。

「なにそれ!?」と、ふたたび千鶴が声を上げた。そこに含《ふく》まれていたのは、れっきとした怒《いか》りである。

「人に大ケガさせておいて、逃《に》げて謝《あやま》りにも来ないの？　ひどすぎるよ！　最低だよ！」

「お、落ち着いて、千鶴ちゃん……」

ふだんはおとなしい千鶴が感情をあらわにしていることに、少なからず祐介は驚《おどろ》いていた。同時に、自分のために怒《おこ》ってくれているのだと思うと、場違《ばちが》いにくすぐったくなってしまう。

「俺は大丈夫《だいじょうぶ》だから。足が折《お》れてる以外は元気だし、すぐに退院できるからさ。だからもう心配しないで。ね?」

祐介がそう言ってなだめても、千鶴はしばらく憤然《ふんぜん》としていたが、退院したらどこどこへ行こう、前に話したあれを食べに行こうなどと祐介が提案するうちに、少しずつ笑顔《えがお》を取《と》り戻《もど》してくれた。

ずっと思いを寄《よ》せていた千鶴と付き合えただけでも十分だと最初のころは思ったが、せっかくそばにいてくれるなら、たくさん笑《わら》っていてほしい。今回は、いたずらに千鶴を不安にはさせまいと思って、入院の事実を伝えずにいたのだが――よくよく考えれば、遅《おそ》かれ早かれどこかから伝わるに違《ちが》いなかった――結果的に、よけいに不安にさせてしまった。完全に祐介の失敗だ。だから、退院したら、千鶴がたくさん笑ってくれるデートをしよう。

そんなことに楽しみを見出しているうちに、折れた骨はくっついてしまうような気がした。

しかし、実際の入院生活というのは長く感じるものだ。とくに祐介の場合は、足の骨が折れて動けないものの、ほかに異常《いじょう》はない。たまに痛《いた》みを感じるくらいで、食欲もあるし、眠《ねむ》り続けるのにも限界がある。

「ヒマだ……」

とうとう声に出して、祐介はつぶやいていた。

入院初日に母親に頼《たの》んで家から持ってきてもらったマンガは読みきってしまったし、昨日友人が差し入れてくれたマンガ雑誌も、2回読んだ。テレビも、この時間はおもしろい番組がない。携帯《けいたい》ゲームのレベルだけが着々と上がっていくが、正直、それも飽《あ》きてきた。

母親に連絡して追加のマンガを持ってきてもらおうかとも一瞬《いっしゅん》考えたが、祐介の実家は定食屋を営《いとな》んでいるため、あまりワガママは言えない。祐介の手伝いがない今は、店の切《き》り盛《も》りと弟妹の世話で、両親はてんてこ舞《ま》いだろう。

深々とため息をついて、意味もなく伸《の》びをしてみたりするが、気分転換《きぶんてんかん》にもならない。

「ヒマすぎる……」

うなるように繰《く》り返《かえ》して、祐介が携帯《けいたい》をベッドの上に放り投げたとき、病室の扉《とびら》がガラリと開く音がした。複数の足音が祐介のベッドに近づいてくる。

友人たちが見舞《みま》いに来てくれたのだろうかと、祐介が顔をほころばせたとき、ベッドを囲《かこ》んでいるカーテンがシャッと開いた。

その瞬間《しゅんかん》、祐介はパキリと表情を固まらせた。

「よぉ……」

カーテンを開いて仁王立《におうだ》ちになっていたのは、5日前の放課後に祐介に絡《から》んできて、歩道橋から転落する原因を作った、他校の男子高校生グループだった。

「なっ、なん……えっ？」

ワケがわからず、まばたきを忘れて口をパクパクさせる祐介に、男子たちがジロリと一瞥《いちべつ》をくれる。逃《に》げなければ、と本能的に祐介は思ったが、しかし、折《お》れた足を固定されている今、それは到底《とうてい》かなわないことだった。

高校生とは思えないほどガタイのいいリーダー格の男子が、獣《けもの》のような目で、ギプスに固められた祐介の足を見た。

「足、折《お》れたんだってな」

つぶやく声も獣《けもの》のようで、聞いた瞬間《しゅんかん》、祐介の心臓《しんぞう》は殴《なぐ》られたようにドクンと震《ふる》えた。心電図計につながれていたとしたら、尋常《じんじょう》ではない波形が出ていたに違《ちが》いない。

ヤバイ……ヤバイヤバイヤバイヤバイ、絶対にヤバイ！　今度は足の骨じゃすまない‼

万事休《ばんじきゅう》す、と祐介が完全に呼吸を止めたときだった。

「すみませんでしたッ！」

リーダー格《かく》の男子をはじめ、ベッドを取《と》り囲《かこ》むように立っていた男子全員が、腰《こし》を直角に折《お》って祐介に頭を下げたのだった。

「……は？」

完全に虚《きょ》をつかれた祐介の口からは、間《ま》の抜《ぬ》けた声しか出なかった。

「え、あの……。ちょっと、どういう……？」

「オレたちのせいでこんな大ケガさせちまって……。本当に、すみませんでした！」

「すみませんっ!!」

何が起こっているのか、祐介にはさっぱり理解できなかった。自分がケガを負《お》った原因となった連中から謝《あやま》られているということは、わかる。しかし、あまりにも急展開《きゅうてんかい》すぎて頭が追いつかない。

あ、う、え……と言葉にならない祐介に、男子高生たちはモゴモゴと謝罪《しゃざい》を続ける。

「こんなことになるなんて思ってなかったって言うと、言い訳でしかないけど、本当に、反省してます……」

「骨折《こっせつ》したって聞いて、さすがに、オレらが悪かったなって……」

「だから、なんか困《こま》ってることとかあったら、できることならオレたちも手伝うんで！」

「許《ゆる》してください！」

いかつい男子グループが、イヤに丁寧《ていねい》にペコペコと謝《あやま》り続《つづ》ける様《さま》はひどくシュールで、祐介を落ち着かない気分にさせた。

「あの……もう、わかったから。命に関わるケガっていうわけでもないし、わかってもらえたみたいだから、もう、それくらいで……」

謝《あやま》られているのに居心地《いごこち》が悪いという奇妙《きみょう》な状況《じょうきょう》に、祐介はとうとう音《ね》を上げた。両手の平を男子たちに差《さ》し向《む》け、なんとかこの奇妙《きみょう》な状況を終わらせようと試みる。

そんな祐介の態度と言葉に、いかつい男子たちはそろってうかがうような顔を上げた。不安げに震《ふる》えるたくさんの目は、どれも叱《しか》られた子どものそれと変わらない。そんな目に見つめられていると、罪悪感《ざいあくかん》にさえ駆《か》られてしまう。

「本当に、大丈夫《だいじょうぶ》だから……」

ダメを押《お》す祐介の言葉に、男子たちが「本当に？」「もういいですか？」と目で訴《うった》えかけてくる。こくこくと祐介が無言でうなずくと、ようやく男子グループはほっとした様子を見せた。

「それじゃあ、オレたちはこれで……」

「お大事に」

「失礼します！」

口々にそう言って、男子たちは足早に病室を出ていった。ふたたび静けさに満たされた空気の中に、病院独特のにおいが戻《もど》ってくる。あれだけ憂鬱《ゆううつ》なにおいだと思っていたのに、今は、やたらとほっとした。

「なんだったんだ……？」

脱力《だつりょく》してベッドに横たわった祐介は、呆然《ぼうぜん》と天井《てんじょう》を見上げてつぶやいた。

それから１時間としないうちに、またしても病室のドアがガラリと開いた。パタパタという足音とともに近づいてきた声は、入院生活の唯一《ゆいいつ》の癒《いや》しだ。

「祐介く－ん、具合どう？」

学校が終わって、今日も千鶴が見舞《みま》いに来てくれたのである。その声と笑顔に、ほっと祐介の顔が緩《ゆる》む。

「千鶴ちゃん。そんな毎日来てくれなくても大丈夫《だいじょうぶ》だよ？　大変でしょ？」

「ううん、ぜんぜん平気。今日は、ほら！　お花、持ってきた」

自分が花の咲《さ》いたように笑って、千鶴が小さなブーケをサイドテーブルの上に置《お》く。

「あとで活《い》けてくるね。先にこれ、学校のプリントと、授業のノート」

「ありがとう。すごく助かる。でも、大変じゃない？」

「気にしないで、これくらいやらせて？　その……彼女、なんだから」

ほんのりと頬《ほお》を染《そ》めて、尻《しり》すぼみにそんなことを言う千鶴を見て、病気にかかったわけでもないのに祐介は体温が上がった気がした。

こんなことは絶対に千鶴には言えないが――入院して、ちょっと、よかったかもしれない。

そんなことを考えて、祐介が懸命《けんめい》に笑《え》みをこらえていたときだった。

「そういえば、波田高の男子たち、ちゃんと謝《あやま》りにきた？」

何を聞かれたのか、とっさに理解できず、祐介はぱちくりとまばたきだけを繰《く》り返《かえ》した。そんな祐介を見て、千鶴が通学カバンからノートを取り出していた手を止める。もしかして……

と、その表情が少しくもった。

「まさか、まだ謝《あやま》りに来てないの？　波田高の男子たち。あれだけ言ったのに」

「え、いや……。波田高の男子なら、さっき来たけど……」

ひとまず事実を伝えた祐介だったが、頭の中には大量のクエスチョンマークが飛《と》び交《か》っている。一方、祐介の言葉を聞いた千鶴は、「なんだ、よかった」と安心した表情になった。

「やっぱり、すぐに謝《あやま》りに来たのね。さすがに、けっこう強めに言っておいたから。とにかく、よかった」

祐介の頭の中を飛び交うクエスチョンマークが、数を増す。

「あれだけ言ったのに」？「けっこう強めに言っておいた」？　いったい千鶴が、あの荒々《あらあら》しい男子の集団に何をどう言えば、先ほどの大仰《おおぎょう》な謝罪《しゃざい》につながるのだろう？　祐介を追いかけてケガをさせた荒《あら》くれとはまるで別人で、完全に、爪《つめ》と牙《きば》を折られた猫《ねこ》だった。

「千鶴ちゃん……？」

祐介が呼《よ》びかけると、「ん？」と小首をかしげた千鶴が、祐介のことをまっすぐに見つめてきた。その仕草《しぐさ》はとてつもなくかわいいが、その仕草のかげに、祐介の知らない千鶴がいるのだろうか。

「千鶴ちゃん、さ……」

「なぁに？」

なんで「波田高の男子」っていうだけで、犯人を特定できたの？　あの男子たちと、どういう関係？　千鶴ちゃんが「強めに言った」だけで、すごすご俺に謝《あやま》りに来るなんて、どういうこと？　俺の知らないところで、いったい何が起こったの？

無数のクエスチョンマークとともに、聞きたいことが無限にあふれ出てきたが、「ん？」と屈託《くったく》なく首をかしげる千鶴を見ていると、はたしてこれは尋《たず》ねていいことなのかどうか、わからなくなってくる。

……いや。やっぱり、尋《たず》ねる必要はない。

しばらくして、祐介はそう思い直した。それは、「知らないほうがいいこともある」とか、「たとえ恋人だとしても踏《ふ》み込《こ》まないほうがいい場合もある」という理由からではない。

たとえ、祐介の知らない顔が千鶴にあったとしても、祐介の気持ちは何も変わらないからだ。

「あのね、千鶴ちゃん」

「うん」

冷蔵庫《れいぞうこ》から取り出したリンゴをむいていた千鶴が、手を止めて顔を上げる。

入院したことを伝えなくて千鶴を悲しませてしまったから、今度は、ちゃんと千鶴の目を見て言おうと祐介は決めた。

「どんな千鶴ちゃんも、俺は好きだよ。こうやって、いつもそばにいてくれる千鶴ちゃんのことが、ほかの誰より、俺は大好きだ」

瞬間《しゅんかん》、千鶴の顔が、むきかけのリンゴよりも赤く染《そ》まった。そういう素直《すなお》なところも、やっぱり好きだなと祐介は思った。

出会いと別れの夜想曲《ノクターン》

——あれからもう5年が経つんだ……。

千明《ちあき》はマンションのベランダから町を眺《なが》めて、ため息をこぼした。

5年ぶりに、千明はこの小さな町に帰ってきた。小学校4年生の冬、父親の転勤《てんきん》でよその町へ引《ひ》っ越《こ》したのだが、再度の転勤で、この町に戻《もど》ってきたのだ。

あれから丸5年。明日から千明は、この町の高校に新1年生として通うことになる。しかし、5年間の空白は15歳の千明にとってはかなり大きい。中学時代を別の土地で過ごした千明には、同じ中学から同じ高校に進学した友人というものが1人もいないのだ。小学校時代の同級生は今もまだこの町にいるかもしれないが、親しい友人がいたわけでもないので、出会ったところで顔がわかる自信はない。

「わたし、やっていけるかなぁ……」

子どものころから大切にしている猫《ねこ》のマスコットを、ぎゅっと握《にぎ》りしめる。ベランダの手すりにあごをのせて、千明は夕暮《ゆうぐ》れ空《ぞら》にため息をついた。

春の空を渡《わた》る夕風は、千明のつぶやきに応《こた》えてはくれなかった。

翌日《よくじつ》、高校の入学式を終えた千明は、教室に向かった。

千明が不安に感じたとおり、クラスでは早くも複数のグループができつつあった。様子をうかがっていると、案《あん》の定《じょう》、同じ中学からきた友人どうしらしきグループもいくつかあるようだ。とても千明が入っていけるような雰囲気《ふんいき》ではない。

「ボッチになるのを避《さ》けるためにも、このタイミングで友だちをつくらなければ」とばかりに、クラスメイトに話しかけている生徒たちもいる。ああいうタイプは中学からの知り合いがいなくても、うまくクラスになじんでしまうのだろうが、千明にはマネできない。

子どものころから人見知りの千明にとって、父親の転勤《てんきん》による環境の変化は、毎回苦痛《くつう》だ。

幸い、中学は3年間、同じ学校に通うことができたが、小学生のときは2回、転校を経験した。

これだけ転校を繰《く》り返《かえ》せば、新しい友だちをつくるのが得意になるんじゃないかと、淡《あわ》い期待を抱《いだ》いていた時期もあった。しかし、結果は真逆《まぎゃく》で、「友だちになっても、またすぐ離れることになるから」という思考が、千明をますます内気にさせてしまったのである。

同じ中学に3年間通うことができたのも結果論で、いつ転校することになるかわからない状況では、結局、友だちらしい友だちをつくることはできなかった。よく聞こえてきた「親友」という言葉も、千明からはほど遠いものだ。

――やっぱり、高校でも、友だちをつくるのは難しそうだな……。

入学初日に、千明は、そう感じてしまった。

それならそれで、仕方がない。社交的ではない自分の学校生活は、そういうものなのだと割《わ》り切《き》ってしまおう。高校生のうちに、また父親の転勤《てんきん》が言《い》い渡《わた》される可能性だってある。最初から何も築《きず》かずにいれば、少なくとも、築いたものを壊《こわ》されるストレスは感じなくてすむ。

――わたしの友だちは、トラコだけ。

心の中で唱《とな》えて、千明は通学カバンにぶら下げてある、茶色いトラ模様《もよう》の猫のマスコットを両手で包《つつ》みこんだ。両手に納《おさ》まりのいいぽっちゃりフォルムに、垂《た》れた眉《まゆ》と目。愛嬌《あいきょう》のあるトラコは、小学生のころから大事にしている、唯一《ゆいいつ》の「友だち」だ。

——トラコだけは、ずっとわたしのそばにいてね……。

千明の心の声が聞こえているのか、いないのか、トラコはゆるい笑顔《えがお》のままだ。

「……帰ろ」

誰にも聞こえない声でささやいて、千明は席を立った。今日は入学式とオリエンテーションだけだったが、明日からは早くも授業が始まる。帰って、いろいろ準備しなければならない。

廊下《ろうか》を急いでいた千明は、ふと足を止めた。かすかに何かが聞こえたような気がしたのだ。

——何かの音……っていうか、音楽？

その場で耳をすませていると、たしかに、聞こえてきた。これは、ピアノの音色だ。それも、不思議《ふしぎ》と心が安らぐ、やわらかな音色である。

いったい、どこから聞こえてくるのか。誘《いざな》われるままに、千明は廊下《ろうか》を歩き出した。

近くの階段からひとつ上の階に上がると、音色がはっきりと大きくなった。そこからさらに音色を追って、ゆっくり廊下を進んでいく。

その先にあったのは、音楽室だった。見れば、廊下《ろうか》とつながる引き戸が少し開いている。しなやかな音楽は、そこから流れてきているようだ。

――放課後なのに、誰《だれ》が弾《ひ》いてるんだろ……。

深く考えることもなく、千明は扉《とびら》の隙間《すきま》から、音楽室をのぞいた。

グランドピアノを弾いていたのは、１人の男子生徒だった。ピアノの開いた屋根の陰《かげ》になって、顔ははっきりとは見えないが、色白で、華奢《きゃしゃ》な感じのする男子だ。奏《かな》でられるメロディーは繊細《せんさい》で、しなやかで――そして、どこかなつかしい。

――これ、なんの曲だっけ。どこかで聴《き》いたことがあるはずなんだけど……。

目をつむって記憶《きおく》を探るが、頭の奥で引き出しが引っかかっているかのように、何も思い出せない。

――でも、すごくきれいな曲。繊細《せんさい》で、やわらかくて、心が安らぐっていうか……。

目を閉じたまま、千明はピアノに聴《き》き入《い》った。聴《き》き惚《ほ》れていた、というのが、より正確かもしれない。もっと聴きたい。このままずっと聴いていたい。本能に近い部分が、そう言っているかのようだった。

やがて、美しい旋律《せんりつ》が緩《ゆる》やかに聞こえなくなった。ガタッという物音で目を開けた千明は、ピアノを弾《ひ》いていた男子がイスから立ち上がる光景を扉《とびら》の隙間《すきま》に見て、逃《に》げるようにその場を離れた。

階段を一気に1階まで下り、靴《くつ》に履《は》き替《か》えて校舎《こうしゃ》の外に出る。それほど長い間、彼の演奏を聴いていたつもりはなかったのに、校庭はすっかり茜色《あかねいろ》に染《そ》まっていた。

いつもより少しだけ早く鼓動《こどう》が打っている胸《むね》に手を添《そ》えて、千明は、音楽室のある3階に目を向けた。すでにカーテンが閉ざされた窓《まど》の向こう、人の気配をうかがうことはできない。

あの男の子は、誰だったんだろう。あんなにきれいな曲を奏《かな》でることができる、あの人は。

そうは思ったが、それを知る術《すべ》を千明は持ち合わせていなかった。


授業が本格化してからも、千明に友人と呼べる友人はできなかった。もちろん、話しかけられれば会話はするが、長く続いた試しはない。「やっぱり自分はこうなるんだな」と、あきらめまじりに思うばかりで、今から積極的にクラスメイトたちに話しかけようという気持ちにはならない。きっと彼女たちも、打てば響《ひび》く相手としゃべっているほうが楽しいだろう。

それでも、千明は満足だった。寂《さび》しさを埋《う》めてくれるものを見つけたからだ。

入学初日に偶然《ぐうぜん》耳にしたあのピアノの音色が、それ以降もたびたび流れてきたのである。やがて千明は、今日はあの音が聴《き》けるかな、と、毎日の放課後を楽しみにするようになった。

——……あ。今日も聞こえる。

繊細《せんさい》で、しなやかで、優しい音色に心を躍《おど》らせながら、千明は放課後の音楽室へと向かった。

今日は、引き戸が閉ざされている。さすがに、閉まっている扉《とびら》を開けて中の様子をうかがう勇気はないので、こういうときは扉に背中《せなか》からもたれるようにして耳をかたむける。

流れてくるのは、いつも同じ曲。目を閉じて、そのメロディーに意識をゆだねていると、鍵《けん》盤《ばん》の上を軽快に踊《おど》る奏者《そうしゃ》の手が見えるようだ。きっと、彼の手はこのメロディーと同じように繊細《せんさい》で、優しくて——それは、きっと彼自身も同じなのだろうと、無条件に千明に思わせた。

そして、曲が終わると、千明はそっとその場を離れる。彼は、どんな人なのだろう。どんな声で話すのだろう。あのメロディーと同じように、優しい声をしているんだろうか。

そう思うばかりで、あの扉《とびら》を開けて彼に声をかけることなんて、人見知りの千明にはどうしてもできない。音楽室の前で待っていれば、そのうち彼が出てくるだろうとも思うが、顔を合わせたときに何をどう話せばいいのかさえ、千明にはわからなかった。

だから、ただ聴いている。心をじんわりと癒《いや》してくれる彼のメロディーを。記憶の、どこかなつかしい部分に優しく触《ふ》れる音楽を。

カタン、と彼の動く気配がして、今日も千明はそそくさとその場を離れた。明日も、明後日も、この音楽が聴ければ、それだけで自分の高校生活は十分だと思った。


トラコがいなくなっていることに気づいたのは、帰宅した直後のことだ。通学カバンにつけてあったトラ猫《ねこ》のマスコットは、小学生のころから手放したことがない。何度転校しようとも、見知らぬ土地へ行こうとも、トラコだけは千明のそばにいてくれた。人間ではないが、千明が「親友」と呼ぶとしたら、それは唯一《ゆいいつ》、トラコだけだ。

――いや。トラコをプレゼントしてくれた彼女も、あのころは、親友だった。

千明が最初にこの町に暮《く》らしていた小学校4年生の夏。放課後の公園で出会った彼女は、「アキラ」といった。友だちができず、ひとりで時間を潰《つぶ》していた千明に声をかけてくれたのが彼女だった。学年は千明の一つ上で、長い髪《かみ》がきれいな、ほっそりとした女の子だ。

千明の家庭の事情を知って、「それじゃあわたしと友だちになろう」と手を差《さ》し伸《の》べてくれて、学校が終わったあとは毎日のようにその公園でアキラと遊んだ。アキラは千明にとって、初めてできた「親友」だった。できることなら、ずっと一緒《いっしょ》にいたいと思えるくらいの。

でも、千明の「家庭の事情」はそれを許《ゆる》さなかった。父の転勤《てんきん》が決まり、千明は5年生に進級するタイミングで、この町を離れることになったのだ。

「引《ひ》っ越《こ》しなんて、したくない……。せっかく友だちになれたのに、アキラちゃんと離れたくないよ……」

そう言って静かに泣き続ける千明に、アキラがプレゼントしてくれたのが、トラコだった。

「このコを、わたしだと思って大切にしてね、千明ちゃん。離れていても、わたしたちはずっと親友だよ」

それでも泣きやまない千明をアキラはぎゅっと抱《だ》きしめてくれて、それでようやく、千明の涙《なみだ》は止まったのだ。

どんなに離れても、トラコが、千明とアキラをつないでいてくれる。そう信じて、千明はこの町を離れた。それから5年間、片時もトラコを手放したことがない。トラコはアキラとの思い出であり、お守《まも》りであり、親友そのものだったのだから。

「トラコ……！」

千明は家を飛び出した。高校からはまっすぐ帰って来たから、落としたとしたら下校中のどこかだ。しかし、学校までの道を探《さが》しても、トラコはどこにも落ちていなかった。だとしたら、校内か。そう思ったが、すでに校門は閉じられたあとだ。校内を探《さが》せるのは、明日になってしまう。

――お願い、見つかって……!

トラコの無事を祈《いの》りながら眠《ねむ》りにつく夜は、これまでのどんな夜よりも不安で心もとない夜になった。

翌朝《よくあさ》、いつもより早い時間に登校した千明は、心当たりのある場所を血眼《ちまなこ》になって捜索《そうさく》した。

昨日、授業が終わって教室を出たときはカバンについていたはずだから、落としたのはそのあとだ。通った場所を昇降口《しょうこうぐち》からさかのぼって、懸命《けんめい》にトラコを探《さが》す。

そうやって千明は、音楽室の前にやって来た。

昨日、千明がこの場所にいたのは、あの男の子がピアノを弾《ひ》いていた20分ほどの時間だ。いつもあわててその場を離れるので、落とした可能性が一番高いのはここだと思っていたのだが、しかし、音楽室の前の廊下《ろうか》にトラコは落ちていなかった。

「もしかしたら」と思っていただけに、大きな落胆《らくたん》が千明を襲《おそ》う。はあ……と口からこぼれ落ちたため息は、人気のない朝の廊下《ろうか》に、思いのほか大きく響《ひび》いた。

「どこに行っちゃったの、トラコ……」

心当たりのある場所は、すべて探したはずだ。なのに見つからないとなると、誰かが拾って持ち去った可能性が考えられるが、だとしたらいよいよ捜索《そうさく》は困難《こんなん》だ。

「トラコ……。アキラちゃん……」

2人の親友をいっぺんに失ったような喪失感《そうしつかん》に襲《おそ》われて、千明が顔を覆《おお》ったときだった。

ガラッと、音高く扉《とびら》の開く音が、千明の鼓膜《こまく》を打った。

驚《おどろ》いて顔を上げると、音楽室の扉《とびら》が開いていて——そこに、1人の男子生徒が立っている。

色白で、ほっそりしたあご。長いまつげに彩《いろど》られた、真っ黒な瞳《ひとみ》。音楽室の中から引き戸にかけられた指は想像したとおりに繊細《せんさい》で、しなやかだ。

いつもピアノを弾《ひ》いていた彼だと、一目でわかった。

「あ……」

人見知りを発揮《はっき》して、千明が思わず、後ずさったときだ。

「待って！」

初めて聞く彼の声は、少し高めのよく通る声。理由もわからず足を止めた千明の前に、彼は、それを差し出した。

茶色いトラ猫《ねこ》のマスコット。千明が必死に探していた、トラコだった。

「それ……！」

「やっぱり、きみのだったんだ」

声を上げた千明を見て、男の子がほっとしたように微笑《ほほえ》みをこぼす。優しい手つきでトラコを千明に返しながら、彼は続けた。

「昨日、帰ろうと思ったら、廊下《ろうか》に落ちてたんだ。きっときみが探しに来ると思って、預《あず》かっておいた。返せてよかったよ」

「あ、ありがとう、ございます……」

帰ってきたトラコの顔を見ると、人の気も知らずにゆるい笑顔《えがお》を浮《う》かべている。その変わらなさに心の底から安堵《あんど》して、千明はトラコを胸《むね》に抱《だ》きしめた。

安堵《あんど》したところに、それはまさに不意打ちだった。

「きみ、いつもここで、僕の演奏を聴《き》いてくれてたよね」

「え？」

「ほら。音楽室の扉《とびら》って、ここがすりガラスになってるから、廊下《ろうか》に人影があると見えるんだ」

そう言って男の子が、引き戸にはめられたすりガラスをコツコツとノックする。ガラスのはまっている位置は人の顔がくるあたりで、たしかにこれでは、背中《せなか》から扉《とびら》にもたれかかってピアノを聴《き》いていた千明の存在は、音楽室内からバレバレだっただろう。

「ずっと気づいてたんだけど、声をかけないほうがいいのかなと思って。だから、ずっと知らないフリして、演奏《えんそう》してたんだ」

かぁっと、一気に顔が熱くなった。まさか、ぜんぶ知られていたなんて。そのおかげでトラコが帰ってきたのは嬉《うれ》しいけれど、放課後にコソコソやって来ては黙《だま》ってピアノを聴いて、またコソコソと逃《に》げるように立ち去っていた自分の行動が彼に筒抜《つつぬ》けだったことは、ただただ恥《は》ずかしい。改めて考えれば、まるでストーカーだ。

「あ、わっ、わたしは――」

「嬉《うれ》しかったよ」

ストーカーなんかじゃない、と言おうとした言葉は、男子生徒の声にさえぎられた。え、と思って見上げれば、千明とそれほど違わない高さにある瞳《ひとみ》が、本当に嬉《うれ》しそうに笑っていた。

「僕の演奏《えんそう》を何度も聴《き》きにきてくれて、嬉《うれ》しかった。それに——トラコをずっと、かわいがってくれてたことも」

「——え……？」

一瞬《いっしゅん》おいて、千明は目をみはった。

なんで、この人がトラコの名前を知ってるの？　わたし、さっきからトラコの名前を口にしていないのに。わたし以外に、この猫《ねこ》のマスコットが「トラコ」という名前であることを知っているのは……。知っているのは！

「ありがとう！　この子、茶トラだから、今日から『トラコ』って呼《よ》ぶ」

「『トラコ』か。かわいい名前だね。それじゃあ、トラコのこと、わたしだと思って大切にしてね、千明ちゃん」

「うん……っ！」

「きっとトラコが、またわたしたちを出会わせてくれるよ」


「──アキラ、ちゃん……？」

千明の無意識のつぶやきに、男子生徒が嬉《うれ》しそうに笑う。

その瞬間《しゅんかん》、克明《こくめい》によみがえった5年前の記憶の中の少女「アキラ」と、今、千明の目の前にいる男子生徒の顔が、ーミリのズレもなく、一致《いっち》した。

「う、そ……。だって、アキラちゃんは女の子で、あのときは、髪《かみ》だって長くて……」

「うん。でも、今は男の子として生きてるんだ。髪も切っちゃった」

そう言った男子生徒が──アキラが、さっぱりとした髪に触《ふ》れる。その指は、あの繊細《せんさい》なメロディーを奏《かな》でるにふさわしい、ほっそりとした色白の指だった。

「自分が女子だってことに違和感《いわかん》を覚えたのは、小学校3年生のとき。千明ちゃんと出会ったときには、僕はもう、本当の自分は男だと思うようになってた。でも、これっておかしいことなのかなって思ったら誰にも相談できなくて、なんとか、女の子として生きようとしてた時期だったんだ。

だから、千明ちゃんにも本当のことを話せなかった。言ったら、せっかく友だちになれた千明ちゃんにも嫌《きら》われるんじゃないかって、怖《こわ》くて……。あのころの僕は、学校でうまくなじめずに――女子トイレや女子更衣室《こういしつ》を使うのが恥《は》ずかしかったりして――ひとりぼっちだったから。だから、学校の外で出会うことのできた千明ちゃんだけは、絶対に、失いたくなかったんだ。千明ちゃんは僕の親友……ううん、それ以上の存在になってたから」

「え……？」

笑いながら、アキラが頬《ほお》をかすかに染《そ》めているように見えるのは、錯覚《さっかく》だろうか。

でも、それでもいい。彼があのときの「アキラ」であることは、もはや疑《うたが》いようがない。トラコを知っていたことも、それに、あのメロディーも。

あれは――音楽室から流れてきた、あの曲は――5年前、ピアノのおもちゃを公園に持ってきたアキラが「まだ練習中なんだけど」と言いながら奏《かな》でてくれた曲だったのだ。

「ピアノ、上手になりすぎてて、気づかなかったよ」

そう言った千明に、アキラが目をみはる。ピアノの腕《うで》はまるっきり変わったが、照《て》れたように微笑《ほほえ》む顔は、驚くほどに同じだった。

「アキラちゃんもこの高校だったなんて、びっくり。本当にトラコが、わたしたちを出会わせてくれたんだね」

「うん。トラコのおかげで、千明ちゃんがこの学校にいるってわかった。僕のピアノを聴いてくれてたのが千明ちゃんだったんだって思ったら、僕、どうしても会いたくなったんだ。本当の僕を知ったら嫌《きら》われちゃうかもしれないって思ったけど、それでも――5年前は言えなかった僕の気持ちを、今度こそ、千明ちゃんに伝えたいって」

「アキラちゃんを、嫌いになるわけないよ。わたしもずっと、会いたかったんだから」

そっと伸《の》ばした指先で、どちらからともなく、互《たが》いの手に触《ふ》れる。手なんて5年前もつないだはずなのに、あのころとはまるで意味が違《ちが》って、アキラのぬくもりを感じた瞬間《しゅんかん》、千明の胸《むね》は大きく震《ふる》えた。心の中にある鍵盤《けんばん》を、優しく弾《はじ》かれたかのように。

こつんと額を合わせれば、5年なんて時間はあっという間に埋《う》められる気がした。

「おかえり。千明」

「ただいま。アキラ」

キューピッドの苦悩《くのう》

木戸綾《きどあや》、16歳。人生初の出来事《できごと》に直面し、口から心臓《しんぞう》が飛び出しそうになっています。

まさか、男子に呼《よ》び出《だ》されるなんて。場所は廊下《ろうか》のすみっこという、人目を忍《しの》んでいるのかどうか微妙《びみょう》なところだけど、とにかく重要なのは、「男子に呼び出された」という事実だ。

休み時間に呼び出されて告白なんて、少女漫画《しょうじょまんが》の中だけのことだと思ってたのに！

しかも、相手は同じクラスの斎藤《さいとう》くん。じつは、前からちょっと気になっていた男子だ。

「あ、あのさ、ちょっと、言いにくいんだけど……」

「なに？　わたしに何か用？」

頭をかきながらつぶやく斎藤くんは、なかなかわたしと目を合わせてくれない。わかる。告白って、めちゃくちゃ勇気がいるもんね。したことはないけど、想像はできる。だからわたしは、斎藤くんのその勇気に応《こた》える準備をして待った。

「えっと、木戸に、お願いがあって……」

「うん」

「その……。じつは、俺……」

「うん」

「きっ、木之下《きのした》さんのことが、好きなんだ！」

「ありがとう！　すごく嬉《うれ》しーーは？」

告白にＯＫする気満々だったわたしは、言い終える前にギリギリで気づいて目を見開いた。

「木之下、さん？」

「うん。ほら、木戸って、木之下さんと仲いいでしょ？　だから、俺が木之下さんのことを好きだってこと、木之下さんに伝えてもらえないかなーと思って……」

わたしは思わず、その場にひざから崩《くず》れ落《お》ちそうになった。なんということだ。人生初の告白だと浮《う》かれていたら、人生初の「告白代行依頼《だいこういらい》」だったなんて。

「お願いします！　どうしても、直接告白する勇気が出なくて……。『もし俺と付き合ってくれるなら、今日の放課後、校門の外で待ってます』って、伝えてもらえないかな……」

「頼む！」と目の前で拝《おが》まれて、もうどうでもよくなったわたしは、「いいよ。わかった」とうなずいた。

「ありがとう！　本当にありがとう！」と、わたしに深々と頭を下げた斎藤くんが教室に戻《もど》ったあと、わたしは改《あらた》めて考えた。

……この告白代行、本当に木之下晴香《はるか》に伝えるべきか？

晴香は、わたしの親友と呼《よ》んでも差《さ》し支《つか》えない、大切な友人だ。だからこそ、告白を代行させるような意気地《いくじ》なし男子に渡《わた》したくない気もする。けれど、晴香がそれでいいなら、いくら親友でもわたしが口出しすべきではないようにも思う。恋愛観《れんあいかん》は人それぞれだ。

……やっぱり、ここは晴香本人にジャッジさせるべきなんだろうな。

「仕方ない。伝えてやるか」

――翌日。晴香と斎藤くんは、カップルになっていた。

「綾のおかげだよ！　じつはわたしも、斎藤くんのこと、気になってたから……。まさか、斎藤くんもわたしのことを好きでいてくれたなんて思わなかった」

「本当に、ありがとうな、木戸！　木戸は、俺たちの恋のキューピッドだよ」

晴香と斎藤くんの2人から片方ずつ手を握《にぎ》られて、すっかり恋のパワーに押《お》し負《ま》けたわたしは、「う、うん……。お役に立てて、よかったデス」と、カクカクしながら答えるしかなかった。

それで終われば、「ひとつの恋のプロローグを演出した」というだけの話だが、話は、それで終わらなかった。なんと、2人が付き合い始めた3日後、今度は別のクラスの女子から告白代行を頼まれたのだ。

「木戸さんが、木之下さんの恋のキューピッドになったってウワサを聞いて、それで、わたしも力を貸《か》してもらえたらなって思って……」

斎藤くんと晴香のエピソードが勝手に広まったのか、あるいは斎藤くんか晴香が自分で広めたのかはわからないけど、どうやらわたしは、「恋を成就《じょうじゅ》させるキューピッド」だと思われているらしい。

「待って！　わたしにそんな恋愛パワーなんてないよ？　あの2人がうまくいったのは、最初から両想《りょうおも》いだったっていう——」

「それでもいいの！　わたしにはもう、神頼《かみだの》みするしかないから……」

……いやいや、だからわたしは、恋愛成就《れんあいじょうじゅ》の神様じゃなくて……。

とてもそんなことを言える雰囲気《ふんいき》ではなく、あまりにも必死な様子の女の子のために、わたしは今回も告白代行を引き受けることになった。

——信じられないことに、それがまた、うまくいった。

女の子が好きになった野球部の先輩《せんぱい》は、彼女のことを知らなかった。でも、興味をもった先輩が「一度会ってみたい」と言って、２人が会った結果、意気投合《いきとうごう》して付き合うことになったらしい。

ちなみに、「会ってみたい」という先輩の返事を女の子に伝えたのも、わたしだ。

ここまで、数字で見れば、わたしが告白を代行したことによるカップル成立度は１００％ということになる。たったの２例だし、たまたまとしか思えないけど、恋の悩《なや》みを抱《かか》えている10代の男女にとっては、センセーショナルなことだったのかもしれない。

「2年2組の木戸綾に告白代行を依頼《いらい》すれば、好きな人とカップルになれる」

そんなウワサが、あっという間に広がってしまって、わたしのもとには次々と告白代行の依頼が舞《ま》い込《こ》むようになった。そして、わたしは事務処理《じむしょり》をするように、告白代行を引き受けていった。

恋する男女の熱量に、完全にのまれていたと思う。わたしは、「誰《だれ》にも嫌《きら》われたくない人間」なので、依頼を断《ことわ》って「隣のクラスの女子の告白すら引き受けたのに、どうしてわたしの告白は代行してくれないの?」なんて言われたら面倒《めんどう》だなぁという気持ちが勝ったのだ。

自分が恋をした相手に、その大切な恋心を、自分の言葉で伝えたいとは思わないんだろうかという疑問は感じるが、そんなプロセスよりも、「恋が成就《じょうじゅ》する」という結果のほうが大切なのだろう。

それにしても、自分の恋も未熟《みじゅく》なのに、ひとの恋の面倒《めんどう》を見ているわたしって、ある意味、究極《きゅうきょく》のお人好しかもしれない。

でもまぁ、いいのだ。わたしの行動が誰かの恋の始まりにつながるのは、悪い気はしないから。もちろん、依頼が増えるにつれて、うまくいかない告白も出てきてしまうわけだけど、それもまた恋だ。

そして今日も、わたしのもとに依頼が舞《ま》い込《こ》む。依頼主は、わたしと同じテニス部に所属する同級生、一宮円《いちみやまどか》だった。

円は、わたしと少し似《に》ている。部活で動きやすいようにポニーテールにしているところも、背格好《せかっこう》も似《に》ているから、「姉妹みたいだ」とからかわれることもあるくらいだ。テニスの腕《うで》はどちらもまぁまぁだけど、ダブルスになると2倍以上の力を発揮《はっき》する。性格は、円のほうが几《き》帳面《ちょうめん》。でも、人からの頼《たの》みをなかなか断れないところは似《に》ている気がする。とくに、最近は。

そんな円が、もじもじしながら、わたしに言う。

「あたしも、綾ちゃんに告白をお願いしたいんだ……。男子テニス部の、池田《いけだ》くんに」

円が池田くんを好きなことは、前から知っていた。なかなか告白できないと嘆《なげ》く円の背中《せなか》を、わたしは何度も押《お》したことがある。それがまさか、告白代行を頼《たの》まれることになるなんて。

「円は、それでいいの？　自分で池田くんに告白しなくて、後悔《こうかい》しない？　自分で気持ちを伝えるからこそ、思い出になることもあると思うけど……」

「大丈夫《だいじょうぶ》。このままじゃ、あたしはいつになっても池田くんに告白できないから……。だから、綾ちゃんの力を貸《か》してほしいの」

どうやら、円の決意は固いらしいと感じたわたしは、静かにうなずいてこの依頼を受けた。

そして、部活が終わったその足で、わたしは男子テニス部の池田くんを探した。

「あ、池田くん」

「おー、木戸。ちょうどよかった！　木戸を探しに行こうと思ってたとこだったんだ」

思わぬ言葉に、「なんで？」とわたしは尋《たず》ね返《かえ》した。すると池田くんが、ちらっとななめに視線を滑《すべ》らせて、こんなことを言ってきた。

「木戸に頼めば成功するって聞いたからさ。告白の代行」

「へ？」

「女子テニス部の一年の、朝倉唯《あさくらゆい》に伝えてくれないかな？　俺が、朝倉のことを好きだって」

ガンっと、頭のてっぺんをテニスラケットで殴《なぐ》られたような感覚がした。

なんてことだ。円の好きな男子が、別の女子を――しかも、同じ部の後輩《こうはい》のことを好きだったなんて。いや、好きな人に好きな人がいた、なんてことはよくあることなんだろうけど、まさか、こんな形で友人の失恋を突《つ》きつけられることになるなんて……。

わたしが衝撃《しょうげき》のあまり何も言えずにいると、池田くんは「じゃあ、頼《たの》んだ！」と言って、どこかへ走っていってしまった。その背中《せなか》が消えたあと、円の告白を伝え忘れたことに気づいた。

「どうすれば……」

つぶやきが、むなしく宙《ちゅう》に消えていく。告白代行に失敗したのは初めてだ。今からでも池田くんを追いかけて、円の気持ちを伝えるべきだろうか？　それとも、池田くんに好きな女子がいたことを円に伝えに戻《もど》るべきだろうか？　想定外《そうていがい》の事態《じたい》に大混乱《だいこんらん》したわたしは、しばらく、その場に突《つ》っ立《た》っていることしかできなかった。

いったい、どれほどそうしていただろう。つんつんと背中をつつかれて我《われ》に返《かえ》ったわたしは、振《ふ》り返《かえ》った瞬間《しゅんかん》に声を上げそうになった。

「木戸先輩、どうしたんですか？　まだ着替《きが》えてないの、木戸先輩だけですよ」

背後《はいご》に立っていたのは、すでに制服に着替え終わった女子テニス部1年の朝倉唯ちゃんと、彼女と同学年の部員たちだった。

「あ、唯ちゃん……。ううん、なんでもないの。わたしも着替えてすぐ帰るから。また明日ね」

池田くんから依頼された告白代行は、ひとまず保留《ほりゅう》にしよう。わたし自身が落ち着かなければ。そう思って、唯ちゃんたちの前から立ち去ろうとしたときだった。

「ほら、唯。あのこと、木戸先輩に話してみなよ」

「そうだよ！　こういうことは勢いも大事だよ！」

友人たちに肩《かた》や背中《せなか》を押《お》されて、「えー、でも……」と言葉を濁《にご》す唯ちゃんは、かすかに顔を赤らめている。その様子に、イヤな予感がした。

「木戸先輩！　じつは唯ちゃん、好きな人がいるんです。それで、ウワサの告白代行を木戸先輩にお願いできないかなって話してたんです」

唯ちゃんに代わって、別の女子部員が決死の表情で言ってきた。もうすでに、わたしの中のイヤな予感は確信に変わっている。

「バスケ部の、槇田航平《まきたこうへい》先輩なんですけど！」

くらっと、わたしはめまいを覚えた。そのあと、唯ちゃんにどう返事をしたのかは、よく憶《おぼ》えていない。

負《ふ》の連鎖《れんさ》、と言うのはためらわれる――本来なら美しいものである恋心を「負《ふ》」だなんて思いたくはない――けれど、嫌《いや》な予感というのは続くものだ。

ひとまず、唯ちゃんが恋をしている相手、バスケ部の槇田先輩がどんな人なのか知っておこうと思ったわたしは、翌日《よくじつ》、バスケ部の朝練《あされん》を見にいった。すると、わたしの視線に気づいたのか、先輩から声をかけられたのだ。

「ウワサの告白代行屋って、きみでしょ？　ちょっと気になってたんだ。これも縁《えん》だと思って、僕の告白代行も引き受けてくれないかなぁ」

そうして告《つ》げられたのは、美術部員の女子の名前だった。

人の気持ちというのは、こんなにすれ違《ちが》うものなのか……。同じテニス部員の一宮円が好きな池田くんは、テニス部の後輩である朝倉唯ちゃんのことが好きで、その唯ちゃんはバスケ部の槇田航平先輩のことが好きで、槇田先輩は美術部員の女子のことが好き。

そして、なんとなく予感していたとおり、美術部員の女子には別に好きな男子がいた。それも、なんとわたしのクラスに。

「もう、どうしたらいいんだ、わたしは……」

机《つくえ》に突《つ》っ伏《ぷ》したまま低くつぶやくと、自分の声が、わんと頭の中を回った。

けれど、あまり悩《なや》んでもいられない。わたしに告白代行を依頼した円や池田くんたちは、いつまで経《た》っても想い人から反応がなければ、自分はフラれたんだと思うだろう。告白してもいないのにフラれたことになるなんて……。しかも、それがわたしのせいになるなんて、合わせる顔がない。

「まさか、こんなことになるなんて……」

額《ひたい》を机《つくえ》に押《お》しつけたまま、ガシガシと両手で髪《かみ》をかき乱《みだ》す。そのとき、ポニーテールを軽く引っぱられたような気がした。

「なんだ、なんだぁ？　ウワサの恋のキューピッドが、貧乏神《びんぼうがみ》みたいな顔してるじゃん。縁起《えんぎ》が悪いぞ」

「も、森口《もりぐち》くん……！」

すぐそばに立っていたのは、森口智輝《ともき》だった。わたしのクラスメイトであり――何を隠《かく》そう、先ほど美術部員の女子から告白代行を頼《たの》まれた相手だ。

「あー、だめ……。今、森口くんの顔を見たら、わたし、発狂《はっきょう》しそう……」

「失礼なヤツだな！　どうしたんだよ、恋のキューピッドは。繁盛《はんじょう》してるって聞いたのに」

「恋のキューピッドなんて、わたしにはムリだよ……」

そう言って、わたしが深々とため息をつくと、森口くんが「そうなの？」と返してきた。笑《わら》い飛《と》ばされるくらいだろうと思っていたから、そう返されたことが意外で、思わず顔を上げる。

すると、目が合った瞬間《しゅんかん》に森口くんが、どこかイタズラっぽく笑《わら》った。

「俺も木戸さんに、告白を頼《たの》もうかと思ってたんだけどな」

あぁ、なんだ、そういうことか。納得すると同時に、少し頭が痛《いた》くなる。円ちゃんが好きな池田くんの好きな唯ちゃんが好きな槙田先輩の好きな美術部女子が好きな森口くんにも、好きな相手がいたということだ。

「マジで……？」

わたしは疲《つか》れ果《は》てた声でそう答えた。

「話すだけ話してもいい？　その子、女子テニス部でさ。テニスの腕《うで》はまぁまぁって感じなんだけど、円っていう――」

「マジでっ!?」

テニスラケットで殴《なぐ》られるのなんて比《ひ》にならないくらいの衝撃《しょうげき》を脳天《のうてん》に受けて、わたしは目を白黒させながら立ち上がっていた。

「ウソ……。えっ、ウソでしょ!?　待って待って……。ってことは、円に、池田くんに、唯ちゃんに……え、ぐるっと回って輪になっちゃったってこと？」

「『輪』って何？　木戸さん？　大丈夫《だいじょうぶ》？」

頭がグルグルしすぎて、森口くんにロクな返事もできない。まさか、「好きな人」がぐるっと一周するなんて。誰の気持ちを、誰に伝えたらいいの？　それとも、いっそ伝えないのが正解？　こんな全員が失恋するパターン、わたしに背負《せお》いきれるだろうか……。

そんなふうにわたしが悶々《もんもん》としていると、隣で森口くんは何を考えたのか、自分の恋の続きを話し始めた。

「でさ。その子、テニスのシングルスの試合じゃ、まぁまぁっていう感じなんだけど、円っていう女子とダブルスを組んだら、妙《みょう》に強くなるんだ。ポニーテールも、円って子とおそろいでさ。お人好しで、おっちょこちょいで、ちょっと心配だなぁって思って見てたら、目が離《はな》せなくなってて」

「……え？」

途中《とちゅう》で話がおかしくなっていることに気づいて、わたしは顔を上げた。もう一度、森口くんと目が合って――その瞬間《しゅんかん》に、初めて見る優しい顔で、森口くんがふっと笑《わら》った。

「それで、彼女を見てたらわかったんだ。その『お人好し』の根っこには、友だち思いの優しさがあるんだなって。その優しさにひかれましたって、伝えてもらえる？」

「えっと……。だ、誰に……？」

――待って！　「誰に？」はない！　いくらなんでも「誰に」なんて聞かなくても、今の話で十分にわかった。その証拠《しょうこ》に、これまでに感じたことがないほど、心臓《しんぞう》がドキドキしている。

きっと、今のわたしは間の抜《ぬ》けた顔をしているに違《ちが》いない。それでも、森口くんはバカにしたふうには笑《わら》わない。そっと伸《の》びてきた森口くんの手が、わたしのポニーテールに触《ふ》れた。

「恋のキューピッドが恋したって、いいんじゃない？」

――もう、ドキドキが限界だ。

円や、池田くんや、唯ちゃんや……みんなには、それぞれの恋の行方《ゆくえ》をあとで伝えよう。もしかしたら、「キューピッド失格」だと思われるかもしれない。でも今は、自分のことを考えても許《ゆる》されるかな？

――ありがとう。わたしの、恋のキューピッド。

この想い、空高く

——ヤバイ、超《ちょう》かっこいいー!!

それが、戸倉要《とくらかなめ》に対して、瑞姫《みずき》が抱《いだ》いた第一印象だった。

戸倉要は、瑞姫の通う高校にこの春から赴任《ふにん》してきた生物の教師だ。大学を出たばかりの22歳で、すらりと背が高く、さっぱり整えられた黒髪には清潔感《せいけつかん》がある。中年から老年の教師が多い瑞姫の高校では、戸倉のフレッシュさとさわやかさは異彩《いさい》を放つものだった。

それだけでも目立つのに、さらに、戸倉はイケメンだった。きりっとした眉《まゆ》に、一重《ひとえ》まぶたで切れ長の目。低めの鼻が、むしろ顔全体のバランスを整えていて、透明感《とうめいかん》のある日本人的な顔立ちと言えた。

それが、瑞姫の好みにドンピシャだった。春から2年生になった瑞姫の6歳上という年齢《ねんれい》も、同世代の男子には幼稚《ようち》さしか感じない瑞姫にとっては、ちょうどいい。

戸倉の赴任《ふにん》後、単純な瑞姫は、これまでなんとも意識したことのなかった生物の授業が楽しみになった。生物は、週に2コマしかない。だから、好きな人の顔を見られる火曜日と金曜日は、瑞姫にとって待ち遠しい日になった。

「これを、カッコウの托卵《たくらん》といいます。親鳥は、卵をすり替えられたことには気づかず、孵化《ふか》したカッコウのヒナを自分の子どものように大切に育てます。鳥類にはほかにも不思議な習性があって、モズの早贄《はやにえ》や、カモの仲間やニワトリに見られる『すりこみ』もそうだね。孵化《ふか》してすぐに見た動くもの、声を出すものを親と認識する『すりこみ』は、ヒナが成長する過程でとても重要なんだ。カルガモの親子が列になって歩いているのを、写真や動画で見たことあるでしょ？　あれも、『すりこみ』によって、成鳥になるまで自分を守ってくれる親を識別できているからなんだ」

動物のことを話す戸倉は、いつもいきいきとしている。その顔には楽しそうな微笑《ほほえ》みが浮《う》かび、瞳《ひとみ》は少年のように輝《かがや》き、見ている瑞姫のほうまで自然と笑顔《えがお》になった。自分より大人であるはずの戸倉が、ときに自分より幼《おさな》く見える瞬間《しゅんかん》を探すのが、瑞姫の楽しみになった。

しかし、それは何も瑞姫だけの話ではなかった。顔とスタイルと教養の三拍子《さんびょうし》がそろった戸倉要には、ほかにも多くの女子生徒が夢中《むちゅう》になっていたのである。

「戸倉先生ー！　さっきの授業で気になったことがあるので、教えてくださーい！」

「今日のネクタイもカッコイイね！　さすが先生、センスいいー」

「要センセー、お昼、一緒に食べませんか？」

戸倉はいつも、女子生徒たちに囲《かこ》まれていた。勉強を教えてもらうのを口実にしようと考える生徒や、適当な理由であからさまに戸倉に近づこうとする生徒など、「作戦」はそれぞれだったが、いずれも油断《ゆだん》のならないライバルであることに変わりはない。

彼女たちと同じようなやり方では、大勢の中にまぎれてしまう。それでは、戸倉の記憶に残らない。憶《おぼ》えてもらえなければ、意味がない。

そう考えた瑞姫は、ほかの女子たちとは違《ちが》う「作戦」を考えようと、ふだんは使わない頭をフル回転させるのだった。


——作戦、そのー。忘れ物作戦。

「戸倉先生！」

「ん？　どうした、沢井《さわい》」

「わたし今日、生物の教科書忘れちゃって……。授業で使うところだけ、コピーさせてもらえませんか？」

「なんだ、忘れ物か。うーん、でも俺のテキストは教師用だから、沢井たちのとは、ちょっと違《ちが》うんだよなー。クラスの誰かに頼《たの》めない？」

「あ、そっか……そうですよね。わかりました、すみません！」

「悪いな」

ふっと笑《え》みをこぼした戸倉に見送られて、瑞姫はクラスメイトのもとに向かった。

テキストを借《か》りられなかったことは、たいした問題ではない。戸倉と一対一で話ができた。戸倉が「沢井」と名前を呼んでくれた。戸倉が微笑《ほほえ》みで見送ってくれた。重要なのは、そこなのだ。

「先生、なんか、甘《あま》くていい香りがしたなぁ……」

うっかりつぶやいてしまってからあわてて口を押さえ、誰かに聞かれなかっただろうかと素《す》早《ばや》くあたりを見回す。自分に向けられている視線がないことにほっと胸《むね》をなで下ろして、瑞姫は、じつは忘《わす》れていなかった生物の教科書を開いた。

——作戦、その2。日直特権行使《とっけんこうし》作戦。

「戸倉先生ー、全員分の課題、集めてきましたー」

「お。そっか、今日は沢井が日直か。ご苦労さま」

「あ、先生……。わたし、課題でちょっとわかんないとこがあったんですけど、今、教えてもらえませんか?」

「ん? いいよ、どこ?」

「メンデルの法則」

勉強を教えてもらう口実で戸倉に近づこうとする女子生徒は多い。そんな生徒たちと同じタイミングで戸倉を訪《たず》ねても、大勢のなかの1人になってしまう。それでは意味がない。

日直のときなら、1人で戸倉を訪《たず》ねるチャンスがある。そのタイミングをうまく利用して自分のことを印象づけようと、瑞姫は考えたのだった。

「あ! 今ので、なんかわかったかも。ありがとう、先生!」

「また何かわからないことがあったら、いつでも聞いて。俺も、もっとわかりやすい説明ができるようにならないとな」

「一緒《いっしょ》にがんばろうね、先生！」

深い意味はなかった瑞姫の言葉に、戸倉は「ぷっ」と吹き出した。

「あはは、一緒にね。そうだな、俺もまだ一人前じゃないってことだな」

「あ、べつにそういう意味じゃ……！」

「いや、沢井の言うとおりだ。一緒に、がんばろう」

そう言った戸倉が、瑞姫に向かって右手を差し出した。それがどういう意味なのか気づくのに、たっぷり5秒かかってしまう。

「は、はい……。がんばります」

目の前に差し出された戸倉の右手に、そっと、自分の右手を伸ばす。戸倉がそれをギュッと握《にぎ》って、軽く上下に揺《ゆ》すった。

「じゃ、教室に戻《もど》って」

「は、はい。失礼します」

職員室を出て、教室に向かう廊下《ろうか》を足早に歩く。戸倉に優しく包《つつ》まれた右手には、まだ戸倉の熱が宿っていた。戸倉の手は想像していたよりも大きくて、頼《たの》もしくて、ドキドキした。

「一緒に、がんばる……」

それはまるで魔法の呪文《じゅもん》のように、瑞姫の胸《むね》をじわじわとあたたかく満たしていった。

それからも、瑞姫は数々の「作戦」を実行した。

戸倉が美化委員会の責任者だと知れば、瑞姫も美化委員会に入ったり。

中間試験で間違《まちが》えた問題について、改めて戸倉に解説を求めたり。

どら焼きが戸倉の好物だと聞けば、家の近所の和菓子屋で買って差し入れたり。

そんなことを繰《く》り返《かえ》していると、梅雨が近づくころには、戸倉を訪ねるたびに「また沢井か」と笑《わら》われることが増えた。そうやって名前を呼ばれることが、そうやって少しあきれたような笑顔《えがお》を向けられることが、いつも瑞姫を舞《ま》い上《あ》がらせた。

しかし、梅雨が明けて期末試験が迫《せま》ってくると、今までのようにおいそれとは戸倉に近づけなくなってしまった。中間試験のときもそうだったが、試験前と試験期間中は、生徒は職員室に入れなくなるのだ。戸倉ファンの女子たちも、このときばかりはあきらめて、「活動」をひかえていた。

しかし、瑞姫は違《ちが》った。生徒が容易《ようい》に戸倉に近づけない今こそ、ほかの女子生徒たちに差をつけるチャンスだ。

「でも、どうしよっかなぁ……」

体育の授業中、入室禁止になっている職員室の窓《まど》をグラウンドから眺《なが》めて、瑞姫は思案《しあん》した。

「その情熱を勉強に向けたら？」と、戸倉ファンではない友人にからかわれたが、聞こえていなかったフリを今も続けている。瑞姫の情熱を刺激するのは、あくまで戸倉要だけなのだ。

そのとき、職員室の窓に動く影が見えた。好きな人は後《うし》ろ姿《すがた》だけでわかる。立ち上がって伸びをしている、あのワイシャツの背中は、間違《まちが》いなく戸倉だ。

――そっか。先生の席って、あの窓際《まどぎわ》じゃん！

「いいこと、思いついちゃった！」

わたしって天才……と、髪をかき上げて自分にひたった瑞姫は、新たに思いついた作戦を、すぐに実行に移すことにした。

昼休み。試験用の問題づくりの手を止め、自分の席で弁当を広げた戸倉要は、背後《はいご》から聞こえてきたコツンコツンという音に振《ふ》り返《かえ》った。一瞬ギョッとしたのは、窓《まど》の下からにょきっと生《は》えた手が見えたからだ。その手の人差し指が、コツンコツンと窓を叩《たた》いている。

いったいなんだ、と思って窓を開け、顔を出した戸倉は、そこでひらひらと手を振っている相手の顔を見て、ため息をついた。

「なんだ、また沢井か……」

「えへへー。ビックリした？」

これが、瑞姫の考えた新たな作戦だった。入室禁止なら、職員室に入ることなく、戸倉にアプローチすればいい。名づけて、「窓越《まどご》しのデート作戦」である。戸倉の席がグラウンドに面した窓際だったからこそ、実行できた作戦だ。

「あのね、これ、先生におすそ分け。こないだ家族で箱根に行ったから、温泉まんじゅう！どら焼きが好きなら、こういうのも好きかなって思って」

「期末試験が近いのに、のんびり温泉旅行とは、余裕《よゆう》だな」

そう言った戸倉が窓枠《まどわく》にヒジをつき、半眼《はんめ》になった。さわやかな笑顔とは違《ちが》う、探るような戸倉の表情にも、瑞姫の胸は勝手に鼓動《こどう》を速めてしまう。

「き、嫌《きら》いだった？　温泉まんじゅう……」

「いや、好きだよ」

――好き。

温泉まんじゅうに対する言葉だとわかっているのに、その2文字に、瑞姫の鼓動《こどう》は速まる一方だ。

「けどなぁ、フツーここまでするか？　こんなこと――」

「戸倉先生？　何されてるんですか？」

戸倉の言葉をさえぎる形で、職員室の中から別の教師の声が飛んできた。「ヤバ……！」と瑞姫が身を小さくしたのと同時に、職員室の中を振り返った戸倉が「すみません！」と声を飛ばす。

ふたたび瑞姫に向き直った戸倉はペロリと舌を出すと、「ほら、怒《おこ》られた」と笑《わら》った。

その表情に、瑞姫の胸《むね》がキュンっとうずく。

「ごめんなさい、わたしのせいで……」

「これくらいは大丈夫《だいじょうぶ》だから、気にすんな。さすがに、もう戻《もど》るけど」

わかっていたが、あまりにも短い逢瀬《おうせ》だ。夏休みも、旅行も、そして、好きな人と話している時間も、キラキラしているものほど、どうしてこんなに駆《か》け足《あし》で流れていくんだろう。

思わず、瑞姫がしゅんと視線を伏《ふ》せたときだった。

すっと伸びてきた大きな手が、瑞姫の手から温泉まんじゅうを包みこむように取り上げた。

「あ……」

「お土産《みやげ》、ありがとな。食後のデザートにいただくよ」

「は、はいっ！」

「じゃ、試験勉強しっかりやれよ」

そう言って、戸倉が職員室にひっこもうとする——寸前《すんぜん》、あいていたほうの戸倉の手が、ポンと瑞姫の頭に触《ふ》れた。

「え——」

とっさの事態に声を出せずにいるうちに、瑞姫の目の前で窓が閉まる。席に戻《もど》った戸倉が振り返ることは、それきりなかった。

ポン、とされた頭に、瑞姫はそっと自分の手を触《ふ》れた。手の平が頭に触れる感覚は、先ほどの「ポン」に似《に》ている。大きさや、ぬくもりは、まるで違《ちが》うけれど。

キュンキュンと、どうしようもなく胸《むね》の奥《おく》がうずく。窓の向こうの戸倉は振り返らない。それでも、この気持ちにもうウソはつけないことを、瑞姫はわかっていた。

好き。戸倉先生のことが、好き。こんな気持ちになったこと、今まで一度もなかった。

窓越《まどご》しの恋なんて、まるで「ロミオとジュリエット」だ。本物の「ロミジュリ」は、男性のロミオのほうが、バルコニー越《ご》しのジュリエットに焦《こ》がれていたけれど。

——あぁ、先生。どうして、あなたは先生なの？

生徒が先生を好きになる。人間どうしであるかぎり、それは少しもおかしなことではないのに、世間では冷たい目で見られる恋だということは、さすがに瑞姫もわかっている。

でも、だからといって忘れられる気持ちなら、それは最初から恋じゃない。「おかしいよね」と片づけられる思いなら、それはきっと恋ではない。

「でも、わたしは本当に好きなんだよ——恋してるんだよ、先生に」

頭で考えたってどうにもならないこの「想い」だけは、ちゃんとしなければと瑞姫は思った。

期末試験が終わったら、戸倉先生に告白する。

そう決めて、瑞姫は今までにないほど真剣《しんけん》に、期末試験に取り組んだ。告白すると決めたからには、ヘタな点数をぶら下げては行けない。どうせやるなら悔《く》いの残らないよう、全身全霊《ぜんしんぜんれい》で向き合いたかった。そうすれば、きっと本気が先生に伝わる。そんなふうにも思っていた。

返却《へんきゃく》された答案用紙は、どれも中間試験より点数が伸びていた。愛のパワーはどんな試練をも越えるんだ、と、瑞姫はニヤける顔を、過去最高の78点を獲得した生物の答案用紙で隠《かく》した。

これで、真正面から告白できる。「ロミオとジュリエット」は悲劇の恋愛だが、自分の恋を悲劇にはしたくない。そのために、本気でぶつかろう。

「戸倉先生」

その日の放課後、瑞姫は生物準備室にいた戸倉を訪ねた。授業で使う教材を探していたのか、それともただ見とれていただけなのか、戸倉は、虹色《にじいろ》の翅《はね》をもつ蝶《ちょう》の標本《ひょうほん》を手にしていた。

「沢井？　どうしたんだ、こんなとこまで」

「ちょっと、話したいことがあって」

瑞姫は後ろ手で準備室の扉《とびら》を閉めた。戸倉は蝶《ちょう》の標本を棚《たな》に戻《もど》して、瑞姫に体を向ける。

「なんだ？　返却した答案、採点ミスでもあったか？」

「ううん、違《ちが》うの。78点だったし、文句ないし」

瑞姫が首を横に振ると、「そっか」と戸倉は安心した様子で微笑《ほほえ》んだ。

「78点は、がんばったな。でも、受験に生物を選択しないからって、夏休みで油断しないように――」

「好きです、先生！」

試験が終わったら言う、と決めていたから、迷《まよ》いはなかった。

むしろ、目と口を開けっぱなしにした戸倉が、まっすぐ瑞姫の顔を見つめてきて、そのとき初めて心臓《しんぞう》が緊張《きんちょう》で強張《こわば》った。

「……ありがとう」

静かに、戸倉が言う。明かりもつけていなかった準備室に、カーテンを開けた窓から夏の西日が照りこんで、まるで夕焼けが引っ越ししてきたみたいに、床《ゆか》を染《そ》め上《あ》げていた。

「でも、沢井の気持ちには応《こた》えられない」

淡々《たんたん》としたその反応も、予想していたものではあった。でも、いざ本人の口から突《つ》きつけられると、心臓《しんぞう》に釘《くぎ》を打ちこまれたような痛《いた》みが走った。

「それは、わたしが生徒で、先生が、先生だから……？」

震《ふる》える声の問いかけに、戸倉は答えなかった。うつむいた顔に影《かげ》が差《さ》す。

「きっと、沢井は、初めて見たものを親鳥と勘違《かんちが》いしているだけだよ」

いつか授業で聞いたような話に、瑞姫は頬《ほお》をはたかれたような気持ちになった。

この恋心が「すりこみ」だと、戸倉は言っているのだろうか。世の中のことを何も知らない生まれたばかりのヒナ鳥が、ただ、目の前にあるものを親と思いこんで慕《した》っているだけだと――この気持ちは恋なんかではないと、戸倉は言いたいのだろうか。

「そんなんじゃない！　わたしの気持ちを、先生が勝手に決めつけないで！　わたし、先生のこと本当に――」

「沢井は、俺の教え子のひとりだ」

きっぱりとした、それは否定《ひてい》であり、拒絶《きょぜつ》だった。

おまえは「子ども」だ。飛べない「ヒナ」だ。大勢いる生徒のなかの、ひとりでしかない。

「それ以上には、ならない」

顔を上げた戸倉から、影が消える。瑞姫の目にはっきりと映《うつ》った戸倉は、少しも、笑《わら》ってはいなかった。

冷たささえ感じさせる戸倉の表情は、瑞姫に、これ以上何を言ったところで響《ひび》くはずはないのだと、容赦《ようしゃ》なく理解させた。

「そっか……。わかりました。ごめんなさい」

忘れてください。そう言おうとして、言えなかった。

――「好きだ」と言ったことだけは、忘れないでほしかった。

きびすを返して扉《とびら》を開けた瑞姫は、生物準備室を出た。また後ろ手に扉を閉《し》めると、何か、自分にとってとても大切なものが、決定的にさえぎられてしまったような気分になった。

誰もいない放課後の廊下《ろうか》を、瑞姫は駆《か》け出《だ》した。今は、誰にも止めてほしくない。ヒナ鳥が成長して飛び立つためには、長い助走《じょそう》が必要だから。

あと少し。「生徒と先生」という卵《たまご》の殻《から》が割れたら、その先にはきっと自由な空が待っているはずだ。

そう信じて、瑞姫は走った。

遠ざかってゆく足音が完全に聞こえなくなってから、戸倉要は戸棚《とだな》にもたれかかった。

ふー……と、長い長いため息がこぼれて、口をおおった手の平に、珍《めずら》しく汗《あせ》がにじんでいたことに気づく。それを見ていられなくなって、戸倉は重たいまぶたを閉《と》じた。

初めて見たものを親鳥と勘違《かんちが》いしているだけだよ――自分がそう言ったときの彼女の傷《きず》ついた顔が、まぶたの裏には張りついていた。

ほかに言い方があったかもしれない。傷《きず》つけたかったわけじゃない。でも、10代の無垢《むく》で純粋《じゅんすい》でまっすぐな恋心は、それゆえにケガをしやすいということも、戸倉は知っている。

だから、どうしても突き放す必要があった。少なくとも、大学を出たばかりの自分には、それ以外の方法は思いつけなかった。

「勘違《かんちが》いしたヒナ鳥……。そうでも思ってないと、俺のほうが勘違いしそうなんだよ……」

自分はまだまだ半人前だ。いつかケガをするような純粋な恋に、目を向けてしまいそうになるくらいには。

夕陽《ゆうひ》に染《そ》め上《あ》げられた床《ゆか》に、戸倉はまたひとつ、吐息《といき》を落とした。

明日のタイムカプセル

　転校生がやってきたのは、中2の2学期の頭だった。

「新見由莉《にいみゆり》です。父の転勤《てんきん》で、北海道から越《こ》してきました。よろしくお願いします」

　その転校生は、けっして華《はな》やかな印象はなかったが、色の白さが際立《きわだ》っていた。雪国出身だからなのかと思ったら、生まれは静岡県だという。

「うち、転勤族なの。父の仕事の都合で、数年おきに、あちこち引《ひ》っ越《こ》さないといけなくて」

　そう、ささやくように新見由莉は話した。肩《かた》に届《とど》くくらいの長さの髪は、瞳《ひとみ》と同じ墨色《すみいろ》だ。肌《はだ》の白さとのコントラストが、どこか、神秘的《しんぴてき》に見えた。

　授業中も休み時間も、自分の席にじっと座《すわ》っている様子は、彼女の神秘的な雰囲気《ふんいき》とは合っていたが、クラスメイトはその雰囲気にのまれて、声をかけづらかったらしい。もの静かで、表情の変化に乏《とぼ》しく、話しかけてもあまり話が膨《ふく》らまないとなると、最初は「転校生」という珍《めずら》しさに刺激《しげき》された好奇心《こうきしん》も、やがてしぼんでしまったということだろう。

気づけば、新見由莉は、いつも1人でいた。このままでは孤立《こりつ》してしまう。クラス委員の僕には、それを見過《みす》ごすことができなかった。

「新見さん、何か困《こま》ってることはない？　転校してくると、いろいろわからないことがあるでしょ？」

「ううん、大丈夫《だいじょうぶ》。ありがとう、榎並《えなみ》くん」

名前を呼《よ》ばれたことに、少なからず僕は驚《おどろ》いた。

「覚えてくれたんだ、名前」

「だって、クラス委員でしょ？　気にかけてくれて、ありがとう」

そのとき、新見由莉が僕を見てふわっと笑《わら》った。

――ぜんぜん、ふつうに笑えるんじゃん。笑ったら、ふつうにかわいいじゃん。

たしかに、もの静かな転校生だ。でも、それだけで彼女に「つまらない」とか「冷たい」とかというレッテルを貼《は》るのは間違《まちが》いだと思った。

「じゃあ、もしわからないこととか聞きたいことがあったら、遠慮《えんりょ》なく聞いてね」

僕がそう言うと、新見由莉はもう一度ふわっと笑って、「ありがとう」とうなずいた。

それが、僕と新見由莉の出会いだった。


それからゆっくり時間をかけて、僕と新見は打《う》ち解《と》けていった、と思う。2年から3年へ上がるタイミングではクラス替《が》えがないから、僕は新見と3年でもクラスメイトだ。

僕がたびたび話しかけているうちに、新見は少しずつ笑顔が増えてゆき、気づけばほかのクラスメイトたちとも笑顔で話をするようになっていた。もの静かなことに変わりはなかったが、転校してきた当初よりずっとよく笑うようになったし、小さな声でも自分から誰かに話しかけるようにもなった。

「新見、1年前からずいぶん雰囲気《ふんいき》が変わったよな。いい意味で」

僕がそう言うと、新見は首筋《くびすじ》をくすぐられたように笑った。

「榎並くんのおかげだよ。わたし、転校ばっかりだったから、そのたびにクラスメイトや友だちとお別れをしてきたの。だから無意識《むいしき》のうちに、みんなと深く関わるのを避《さ》けるようになってたんだと思う。仲よくなっても、きっとまた離《はな》れ離《ばな》れになるんだから、って。でも、やっぱり友だちって素敵《すてき》だね。榎並くんのおかげで、思い出した。ありがとう」

新見の「ありがとう」が、僕は嫌《きら》いじゃなかった。言うたびに、新見は春に咲《さ》く花のように、ふわっと笑うから。

春の花が、また翌年《よくねん》の春に咲くのと同じように、これからも新見の笑顔をずっと見ていられるんだと、いつしか僕は思《おも》い込《こ》んでいた。

でも、現実はそうはならなかった。

「中学を卒業したら、今度は九州に行くことになっちゃった」

そう言って、新見は笑った。ふわっと、ではなく、へにゃっと。あきらめと困惑《こんわく》が同じくらい混《ま》ざり合《あ》ったような、弱々しい笑顔だった。

仕方がないことなのだ。新見の引《ひ》っ越《こ》しは、新見のお父さんの仕事の都合《つごう》なのだから。新見には、どうすることもできない。ただ、近くに住んでいれば、高校が違《ちが》ってもまた会えるだろうと勝手に思っていた僕の期待は、あっけなく打《う》ち砕《くだ》かれることになった。

「でも、卒業式は一緒にできるんだよね。だったら、よかった」

笑顔を保《たも》ってそう言うのが、僕にはやっとだった。

けれど、新見は笑っていなかった。「うん……」と応《こた》えながらも、表情は浮《う》かない。どうしたんだろうと思ったら、新見は、ぽつりとこうつぶやいた。

「だけど、タイムカプセルは、みんなと一緒には開けられないかな……」

僕たちの中学では、卒業生がタイムカプセルを埋《う》めるイベントがあった。クラスごとに埋められたタイムカプセルは、10年後、クラスみんなで掘《ほ》り起《お》こすのだ。カプセルに入れるのは10年後の自分に向けた手紙というベタなものだったけど、みんな、それなりに楽しみにしているイベントだ。

でも、たしかに、転勤族《てんきんぞく》の新見が10年後、タイムカプセルを開けることになったとき、どこにいるのかは見当もつかない。新見も、それをわかっているのだろう。

「たぶん、みんなと一緒に開けることはできないんだろうなぁ……。せっかく榎並くんのおかげで、みんなとも仲よくなれたのに」

そう言って、また静かに新見が笑う。僕は、それを見ていたくなかった。

「そんなこと、わからないだろ」

え？　と、新見が弱々しい笑顔をひっこめて、墨色《すみいろ》の瞳《ひとみ》でまじまじと僕を見つめてきた。

「10年後、どうなってるのかなんて、誰にもわからないよ。新見だけじゃなくて、クラス全員、同じだよ。もしかしたら新見が、またこっちに戻《もど》ってきてる可能性だってある。だから、タイムカプセルは一緒に埋《う》めよう」

僕がそう言う間、新見はずっと、下唇《したくちびる》を噛《か》んでいた。懸命《けんめい》に、何かをこらえているような表情で。

「ありがとう、榎並くん」

あぁ、やっぱり。「ありがとう」と、そう言って笑う新見のほうが、ずっといい。

卒業式が終わったあと、僕たちはクラス全員で、校庭の隅《すみ》にタイムカプセルを埋《う》めた。中にはクラス全員分の、未来の自分に宛《あ》てた手紙が入っている。新見も、みんなと同じように手紙を書いている様子だったことに、僕は安心した。

「10年後の今日、ここに集まって、みんなで開けよう」

全員が同じ気持ちで、同じ場所に立っていた。ちらっと新見のほうをうかがうと、新見も同じタイミングで僕のほうを見て、ふわぁっと、まるで満開の桜のような笑顔になった。

できることなら、この先10年——いや、もっとずっと、新見がそんな、花も嫉妬《しっと》するくらいの笑顔《えがお》で過《す》ごせますように。そう、僕はひっそりと祈《いの》った。

こうして新見由莉は、はるか遠い地へ引《ひ》っ越《こ》していった。

＊

——10年後。

25歳になった僕は、なつかしの母校に足を踏《ふ》み入《い》れた。大学に進学するときに地元を出て、そのまま就職も決めてしまった僕にとって、地元は、ほとんど年に一度、年末年始に帰省《きせい》するだけの場所になってしまった。中学校の校庭に足を踏《ふ》み入《い》れるのは、それこそ10年ぶりだ。

「わっ、榎並？　久しぶりだなー！」

「榎並くん、ぜんぜん変わってなーい！　元気だった？」

「うん、おかげさまで。そう言う伊藤さんも、変わってないね」

「もー。そこは、『ますますキレイになったね』って言わなきゃダメなんだよ！」

「あはは、ごめん」

同級生というのは不思議《ふしぎ》だ。ほとんどのヤツらとは何年も会っていなかったのに、一言二言交わすだけで、一気にあのころの感覚に引《ひ》き戻《もど》される。次々と押《お》し寄《よ》せてくるなつかしさの波に翻弄《ほんろう》されるような感覚が、妙《みょう》に心地《ここち》いい。

「よし、時間だな。それじゃあ、掘《ほ》り起《お》こすか！」

約束の、午後3時。柔道部《じゅうどうぶ》だった猪又《いのまた》が、率先《そっせん》してシャベルを持ち上げた。当時、クラスで一番体の大きかった猪又は、あれからさらに30センチ以上背が伸《の》びて、肩幅《かたはば》も広がり、ラグビー選手並《な》みにがっしりとした体型になっていた。僕も、平均《へいきん》を少し上回るくらいの身長にはなったけど、猪又を見ていると、成長期は不平等だなと思う。

掘《ほ》り起《お》こすのは体格のいいヤツらに任《まか》せて、僕は集まった面々《めんめん》を見回した。

当時、僕たちのクラスは35人。仕事や家の事情、さらには、結婚して他県に移り住んだため遠くて来られないという同級生もいたが、結果として26人が、今日この場所に集まった。

新見由莉の姿《すがた》はなかった。当時、ケータイを持っていなかった新見とは、誰も連絡がつかなかったらしい。自宅の電話番号は聞いていたが、引《ひ》っ越《こ》してしまえばそれも変わってしまう。

女子の1人が、卒業後に新見が引《ひ》っ越《こ》すことになっていた宮崎の住所を聞いていて、そこにタイムカプセルを掘り起こす旨《むね》の手紙を出したものの、「あて所に尋《たず》ねあたりません」のハンコが押されて返ってきてしまったと話していた。

転勤族《てんきんぞく》の新見が、10年も同じ場所に暮《く》らしているとは考えにくい。手紙を出した女子も、ダメもとだったのだと思う。それでも、新見のために行動してくれたことが、僕は嬉《うれ》しかった。

——一緒《いっしょ》に開けられたら、もっと、よかったんだけどな。

そのとき、ガチンッという硬質《こうしつ》な音が響いた。周囲にどよめきが広がってから、少しして、「あったぞ!」と猪又が声を張り上げる。わっと歓声《かんせい》の上がるなか、どんな形をしていたかも忘れていたタイムカプセルが、僕たちの前に姿《すがた》を現した。

10年ぶりに地上の空気に触《ふ》れたタイムカプセルは、思っていたよりずっと小さな、銀色の円柱型のカプセルだった。「あー、そうそう!」「こんなヤツだったね!」と、みんな記憶を巻《ま》き戻《もど》されたように声を上げる。

思っていたより小さく感じたのは、当時より僕が大人になったからなのか、当時の僕には、未来に託《たく》すタイムカプセルが大きなものに見えていたからなのか、今となってはわからない。

いずれにしても、35人分の希望を今日まで運んできてくれたタイムカプセルを、僕たちは、静かに目の前に迎《むか》えた。

「じゃあ、開けるぞ」

少し緊張《きんちょう》の色が混《ま》じった声で、猪又が言う。太い腕《うで》に抱《かか》えられたタイムカプセルは、少しだけ渋《しぶ》る様子を見せてから、がぱっと口を開いた。中には、過去の自分が今の自分に宛《あ》てて書いた手紙が入っているはずだ。

「じゃあ、手紙に書いてある名前を呼んでいくから、取りに来てー。まずは……佐々木《ささき》ー」

「おっ！　俺、俺！」

「次、宮田《みやた》ー」

「はーい」

「ワタナベー。……あっ、渡邊香穂《わたなべかほ》のほうな！」

「なんだよ、俺じゃねぇのかよ！」

「はーい、香穂でーす」

猪又が、一通ずつ取り出す手紙に書かれてある名前を読み上げてゆき、呼《よ》ばれた人が、過去の自分からの手紙を受け取る。その手は、どれも宝物に触《ふ》れるみたいだった。

「次、榎並」

「あ、はい」

呼《よ》ばれた僕は、猪又の手から１通の封筒《ふうとう》を受け取った。年月が経《た》って、少しだけ黄ばんだように見えるのは、思《おも》い込《こ》みだろうか。でも、表《おもて》に書かれた「榎並創一」の文字は、今の僕と筆《ひっ》跡《せき》がほとんど変わっていない。

あんまり字、上達しなかったなぁ。そんなことを思っていたときだった。

「次は、榎並１。……あれ？　榎並って、俺さっき呼《よ》ばなかったっけ？」

猪又の怪訝《けげん》そうな声に、僕は顔を上げた。目の合った猪又が、僕に封筒《ふうとう》を差し出してくる。

思わず受け取った封筒の表には、筆跡《ひっせき》は違《ちが》うけれど、たしかに、「榎並創一」と書かれていた。

「え？　なんで、榎並くんだけ２通？」

「おまえ、自分だけ２通書いてたのかよ！」

「違《ちが》うよ。あのとき先生が配った便せんは、１人１セットだっただろ」

とはいえ、なぜ自分宛《あて》の手紙が２通出てきたのかは僕にもわからない。

そうこうしているうちに、全員の手に手紙が渡《わた》ったようだった。

「じゃあ、みんな同時に開けようぜ！　せーっの！」

10年の封《ふう》がとかれる音がバラバラと続くなか、僕も、自分の筆跡で自分の名前が書きつけられた封を破《やぶ》った。

手紙に書かれていたのは、案《あん》の定《じょう》と言えば案の定、無難《ぶなん》なことばかりだった。

——どんな仕事をしていますか？　夢だった仕事には就《つ》けましたか？

——きれいな彼女はできましたか？　それとも結婚してる？　子どもは？

——お金持ちには、なってないかな。でもせめて、背《せ》の高いイケメンになってたらいいな。

残念ながら、結婚どころか彼女もいないよ。だけど仕事は、夢だった世界にけっこう近いかな。システム《S》・エンジニア《E》って言っても、15歳の僕にはよくわからないかもしれないけど、でも、なかなか楽しい仕事なんだ。お察《さっ》しのとおり、お金はなかなか貯《た》まらない。身長は平均以上あるけど、イケメンかどうかはビミョーなところだ。

15歳の自分に、心の中でひとつひとつ答えていく。過去の自分が、未来の自分に、失望しなければいいなと思いながら。

過去の自分から届《とど》いた手紙を読み終えた僕は、もう1通の「榎並創一」宛《あて》の封筒《ふうとう》をひっくり返した。自分が書いたものではない、だけど自分宛《あて》の過去からの手紙。いったいどういうことなのか、答えを確かめたい。

同じように封《ふう》を破って、中に納《おさ》まっている便せんを取り出す。きっちりふたつにたたまれたそれを開くと、ぱらりと乾《かわ》いた音がした。

そこに書かれている文字を読んだ瞬間《しゅんかん》、世界が止まった。まわりではしゃいでいる同級生たちの声も、校庭に咲《さ》いている桜の香りをのせた風も、足もとに舞《ま》っていた土埃《つちぼこり》さえも止まって、僕の五感は10年前のあの日に巻《ま》き戻《もど》された。

——ありがとう。ずっと、榎並くんのことが好きでした。　新見由莉

しばらく呆然《ぼうぜん》とその文字を眺《なが》めていた僕は、周囲《しゅうい》の音が耳に戻《もど》ってきたことにハッとして、

あわてて便せんをたたんで封筒に戻《もど》した。だって、あまりにももったいない。この言葉を、ほかの誰かに見せるのは。

新見由莉め。あの日、やけに真剣《しんけん》な表情で手紙を書いているなと思ったら、こんなことを書いていたのか。10年後の自分に書くっていう趣旨《しゅし》を完全無視じゃないか。

「まったく……」

ため息まじりにつぶやいて、僕は、新見由莉から届《とど》いた手紙を、そっと胸《むね》に抱《だ》きしめた。

風に舞《ま》う桜の花びらの間に、ぱぁっと笑う顔が、たしかに見えた。

＊

うたた寝《ね》から覚めた僕は、伸《の》びをしながら壁《かべ》の時計に目をやった。ちょっと休むつもりが、小一時間も眠《ねむ》っていたらしい。

――あれから、さらに10年の年月が流れていた。

年齢《とし》を重ねるごとに1年が短くなるというのは本当だ。気づけば僕も、35歳という、いい年齢《とし》になってしまった。でも、中身はあまり変わっていない気がする。いいことなのか悪いことなのかは、考えないようにしているけれど。

僕は、デスクの引き出しをそっと開けた。目につきやすいところに、少し黄ばんだ封筒が2通、収まっている。表に書かれている文字は、どちらも「榎並創一」だ。

夢だったのか、それとも白昼夢《はくちゅうむ》だったのか、うたた寝《ね》の間に見た光景《こうけい》はなんともいえず不確かな手触《てざわ》りをもっていた。けれど、なつかしい感覚だけは、まだじんわりと胸《むね》に残っている。

自分とは違う筆跡《ひっせき》で綴《つづ》られた「榎並創一」宛《あて》の封筒《ふうとう》から、僕はそれを取り出した。


――ありがとう。ずっと、榎並くんのことが好きでした。　新見由莉

何度読んでも口もとがニヤけてしまう僕は、キモチワルイ男なのかもしれない。

「なに見てるの？」

ふいに背後《はいご》から聞こえた声に、僕はハッと振《ふ》り返《かえ》った。

そこには、莉絵《りえ》が立っていた。じじばばに買ってもらったばかりのランドセルが嬉《うれ》しくて、

最近は毎日のように背負《せお》っている。入学する前に傷《きず》をつけてしまわないかと僕はヒヤヒヤしているのだが、本人は一切《いっさい》、意《い》に介《かい》していない。

そんな愛娘《まなむすめ》をランドセルごと抱《だ》き上《あ》げて、僕はそっと、大切な大切な秘密《ひみつ》を打ち明けるように、言った。

「これはね、パパの宝物なんだ。莉絵が生まれるずっとずっと前に、ママがパパにくれた、ラブレターだからね」

そのとき、ガチャリと玄関《げんかん》のドアが開く音がした。「ママ帰ってきた!」と声を弾《はず》ませた莉絵が僕のひざから飛び下り、玄関に向かって駆《か》けてゆく。まるで、ランドセルが走っているみたいだなとおかしくなりながら、僕も妻を迎《むか》えるために立ち上がった。

めぐりめぐって咲く花の季節が、すぐそこまで、近づいていた。

before
the love spell
breaks

[音 声 収 録 ・ 写 真 撮 影 ス タ ッ フ]

制作協力(音声収録・撮影)

LAPONE ENTERTAINMENT

写真撮影

宮坂浩見

声の出演

魚住彩月、湯口萌々香、大下綾乃、笹壁菜摘、道西あすか、鈴木音々香、
田谷和葉、千葉希、髙橋綾香、田中杏蒔、山田京奈、長岡怜香、
瀧藤慎太郎、長谷川晴哉

収録協力

秋山絵理、アミューズメントメディア総合学院声優学科、
AMGスタジオ、AMG MUSIC、
原郷真里子、横田綾乃、桃田晴子、星トモル
石本智子(学研プラス)

5分後の隣のシリーズ

5分後に恋の魔法が解けるまで

二度目の初恋

2020年10月20日 第1刷発行

著　　者　眞波蒼
発 行 人　松村広行
編 集 人　芳賀靖彦
発 行 所　株式会社 学研プラス
〒141-8415　東京都品川区西五反田 2-11-8
印 刷 所　中央精版印刷株式会社
D T P　株式会社 四国写研

●お客様へ
【この本に関する各種お問い合わせ先】
○本の内容については下記サイトのお問い合わせフォームよりお願いします。
https://gakken-plus.co.jp/contact/
○在庫については　TEL03-6431-1197（販売部）
○不良品（落丁・乱丁）については　TEL0570-000577
学研業務センター　〒354-0045 埼玉県入間郡三芳町上富279-1
○上記以外のお問い合わせは　TEL0570-056-710（学研グループ総合案内）

学研の書籍・雑誌についての新刊情報・詳細情報は、下記をご覧ください。
学研出版サイト　https://hon.gakken.jp/

5分後の隣のシリーズ

5分後に恋の魔法が解けるまで

二度目の初恋

電子リーフレット＆音声動画
アクセスページ

本ページを切り離した中に印字された「QRコード（URL）」からアクセスし、
電子リーフレットや音声ドラマを楽しむことができます。

◀左の切り取り線にそって、気をつけて、ハサミなどで開封してください。

before the love spell break

http://tensocontentssechs.com

✦

上記のQRコード（URL）からアクセスし、
電子リーフレットを閲覧することができます。
また、その電子リーフレットの各ページからアクセスし、
「音声ドラマ」を楽しむことができます。

✦

電子リーフレットや音声（動画サイト）へのアクセスは、
書籍の購入者だけの特典となります。
本書に記載されたQRコードやURLを、
無断で第三者に譲渡、流布することを、かたく禁止いたします。
もし上記に違反する行為を発見した場合、
当該者は、法的に責任を負うことがあります。